ル

AU
LOUVRE

岸辺

人気漫画

岸辺露伴（青年）／長尾謙杜

集英社オレンジ文庫

映画ノベライズ

岸辺露伴　ルーヴルへ行く

北國ばらっど
原作／荒木飛呂彦
脚本／小林靖子

本書は、映画「岸辺露伴　ルーヴルへ行く」の脚本（小林靖子）に基づき、書き下ろされています。

CONTENTS

序章

――私の仕事は、他人の言葉よりも自分の経験から引き出される。

レオナルド・ダ・ヴィンチ（１４５２～１５１９）

「ねえ――この世で〈最も黒い絵〉って、知ってる？」


黒髪が踊っていた。

夏の風に吹かれて。

青い空と茂る緑。鮮やかな風景の中、そう問いかけた彼女は黒い日傘を手に、背を向けて立っていた。

一枚の肖像画のような光景だった。

夏の全てをキャンバスにして、揺れる黒髪のシルエットがくっきりと浮かぶ。

それは単なる黒ではない。

星のない夜空より暗く、真夏日の影よりも深い黒。この世のどんな黒よりも、輝くような漆黒《しっこく》の色。

その髪が夏の風に遊ばれて、ビロードのように滑《なめ》らかに踊る。

背を向けたままで顔は見えないけれど、〈僕〉は彼女を知っている。

それは泣きたくなるほどに懐かしく、けれどずっと忘れていた人。忘れたと思っても記憶の中に、焼き付いて消えない黒。こちらを振り向かぬまま、彼女は言う。

――。

――全て……――。

なのにそれ以上、ハッキリと聞こえない。

風の流れが強くなる。日差しの熱が目蓋《まぶた》を焙《あぶ》る。

夏はこんなにも近くにあるのに。

彼女の声が、星よりも遠い。


ありえない光景だと分かっていたから、それが夢だと気がついた。

ある日、漫画家・岸辺露伴《きしべろはん》は机の上で目を覚ました。

「……」

珍しいことだった。

岸辺露伴は人気漫画家と言っていい存在だ。

代表作〈ピンクダークの少年〉は大手出版社〈集明社《しゅうめいしゃ》〉から出ていて、現在第8部を連載中のロングヒットタイトル。当然漫画家という仕事に誇りを持っている。

机に向かう時は可能な限り万全である、それが露伴の仕事の姿勢だ。もちろん寝不足なんかではないし、その日も日課のストレッチをしてから椅子にかけていた。

ふと見れば、仕事場の窓が開いている。

――そのせいか？

露伴は考える。

季節は夏。うだるような猛暑ではない。

吹き込む風は暖かく、木々越しの日差しは柔らかい。生命を祝福する太陽の季節。

その心地よい夏の陽気が微睡《まどろみ》を誘ったということか。だとすれば、随分《ずいぶん》とノンキな理由で意識を手放したものだ。ともかく居眠りの原因はそれでいい。

気になるのはあの夢の内容だ。

夢を見るのは、脳の記憶整理に伴う現象であると言われる。ＤＮＡを発見したフランシス・クリックの言説であるが、未《いま》だそのメカニズムには謎めいた部分が多い。

だが、少なくとも〈彼女〉は露伴の記憶にある人だった。

露伴は窓の外を見つめる。

M県S市杜王町《もりおうちょう》。自然と町の調和する土地。

露伴が〈彼女〉と出会ったのも夏の杜王町だった。

ずっと忘れていた人。遠い昔の思い出。

夢に見ることなど、もう何年もなかったはずなのに。

「……ン」

ふと見ると、机の上を一匹の蜘蛛《くも》が這《は》っていた。

取材という作業の重要性は、意外と知られていないかもしれない。

机にだけ向かってウンウン唸《うな》ってもネタは出ないので、漫画家という人種は取材をする。

特に露伴は〈リアリティ〉を重んじるから、頻繁《ひんぱん》に行う。

必要があれば外国も行くし、山も登るし海にも潜《もぐ》る。なんなら取材費が原稿料を上回ってもやる。風に当たり大地に触れて、木に洞《うろ》があれば覗《のぞ》いてみるし、部屋があったら入ってみるし、珍しい蜘蛛なんかいれば捕まえて観察して解剖してついでに味も確かめてみたりする。それが岸辺露伴という漫画家である。

そういうわけで、その日も露伴は経験を集めに仕事場を飛び出した。

訪れたのは一軒の骨董屋《こっとうや》。

といっても掛け軸や名画を展示するようなショールームではないし、家電製品まで扱うようなリサイクルチェーンでもない。商品だかガラクタだか分からないものを片っ端《ぱし》から積んである、物置をそのまま店舗にしましたという感じの店。

露伴はその店内を、もう割と長いこと観察していた。

「お客さん」

「……」

「お客さん、何かお探しですか」

「ン……」

口ひげを生やした中年の店員が声をかけるが、露伴は生返事を一つ返す。

視線は店内の棚に注がれているが、陳列はまったくなっちゃいない。陶器だろうが絵画だろうがまとめてドカドカ積んである。場末《ばすえ》の骨董屋とはいえ、いくらなんでも商品へのデリカシーがないと言える。

それらをじっくりと値踏みするように観察しているのだから、傍目《はため》に見て妙なのは明らかに露伴のほうだった。

店員もこんな客は珍しいのか、張り付けたような笑顔で喋《しゃべ》り続ける。奥にいるもう一人の、眼鏡をかけた若い店員に至っては、明らかに警戒した目を向けていた。

「……ウチみたいな店、なかなか通りすがりに、って方はいらっしゃらないんですよ。珍しいなァ〜〜！　お目当てでもあればお手伝いしますよ？　なにしろこんなふうですから」

「フム……」

そこまで声をかけられて、ようやく露伴は会話に応じる。

「ちょっと美術品について取材してるんだが、写真じゃあなく本物を実際に見たいと思ってね……」

「取材？　テレビか何かですか。申し訳ないけど、ウチはそういうのはお断りなんで――」

「漫画だ」

「は？」

予想もしていなかったらしい。

店員は呆気《あっけ》に取られた顔をして、そして露骨に態度を変えた。何せ漫画家ならば警戒することはないと思ったのだろう。なんなら明らかに見下した。

「ハァ――、漫画ですか。お客さん漫画家なんだ。へえ――、有名？」

「さあ？　そこの隅に色紙があったな」

「えっ」

「描いた覚えはないが」

口ひげの店員が店の隅に視線を向ける。確かにそこにはサイン色紙が一枚。〈岸辺露伴〉という漫画家の名前と、漫画のキャラクターが描かれている。

「……ウソだろ？　岸辺露伴て……マジかよ……」

眼鏡の店員はどうやらピンときたらしい。つまり彼は露伴を知っている人間。もし読者であるとすれば、ニセ色紙を売りさばいているのは度《ど》し難《がた》い。

一方、露伴の目の前にいる口ひげの店員は漫画なんぞさっぱり興味がないらしい。態度はどんどんと横柄《おうへい》になり、ついには取り繕《つくろ》う様子も見せなくなった。

「まあ、漫画に描く程度ならホンモノ買うのは勿体《もったい》ないって」

つまるところ、この男たちは分かっていて偽物《にせもの》を売りさばいているわけだ。

しかも色紙を偽造した漫画家本人が目の前にいても、まったく悪びれる様子はない。

「ウチはねェ――、正直に複製なら複製で売ってるからね！　ホラ、この茶碗とか桃山《ももやま》時代の複製なんだけどよくできてるし。漫画家さんでも買えるんじゃあないかなあ〜〜？

絵にしちゃえばホンモノもニセモノもわかんないし」

「やめろって……！　〈岸辺露伴〉だよ、有名な……！」

「何だようるせえなあぁ～～！　岸辺がなに――」

奥にいた眼鏡の店員が止めに出てきたがもう遅い。

この口ひげの店員はあまりにも漫画家をナメすぎた。そして岸辺露伴を知らなすぎた。

振り向いた時、彼を睨《にら》む露伴の表情は、筆舌《ひつぜつ》に尽くしがたいほど険《けわ》しいものになっていた。

「この岸辺露伴が、本物と偽物を描き分けられないとでも言うのか？」

「……」

口ひげの店員は気圧《けお》されてしまった。

おおよそ彼の中にある漫画家という職業のイメージとは、まったくかけ離れたプレッシャーに縮こまった。

「もし僕がこの茶碗を描いて、それを鑑定士が見たら――」

言いながら、露伴は店員が持ち出してきた複製の茶碗を手にする。

そしてダムが決壊したようにまくしたてた。

「――間違いなく偽物だと見抜くねッ！　僕が偽物っぽく描くからじゃあない。実際に見た色、形、触った感触、重さ、そして音！　全て僕がリアルに感じたそのままを描くからだ！　漫画に必要なのはその〈リアリティ〉なんだ。僕はただ美術品が欲しいんじゃあない！　美術品の〈リアリティ〉を求めているんだッ！」

店員たちは圧倒されていた。

というより、怯《おび》えていた。口ひげの店員に至っては、漫画家などベレー帽被《かぶ》って子供向けの絵を描くホンワカした人種だと思っていたのに、いきなり変わったヘアバンドの男が目を血走らせてキレだしたのだからたまらない。

「……はい……」

「じゃあ、裏に本物あるんで……」

もう店員たちはこの客を相手したくなかった。

だが案内しようとした店員を制し、露伴は続けた。

「もう一つ。盗まれた美術品を売る商売、それについても知りたい」

「は？」

不意の発言に、口ひげの店員は目を見開いた。

そう、それこそが露伴がこの店を訪れた本当の目的。取材したかったのは複製品の茶碗やその他のガラクタ、もちろん自分の偽色紙なんかではない。

露伴はこの店の本当の顔を知っている。

「〈故買屋〉……つまり、君たちのことだ。取材させてくれ」

「なんで、それを――」

眼鏡の店員が思わず漏らした呟《つぶや》きを、口ひげの店員が小突いて止める。

「ハハッ！　何を仰《おつしや》ってるんだか……とにかくウチは取材お断りなんで。おい！　帰ってもらうぞッ！」

再び口ひげの店員の顔には横柄さが戻った。

たかだか漫画家風情《ふぜい》、しらばっくれてやり過ごしてやる。そういう本音が顔に書いてあるかのようだ。

だがこの期《ご》に及んでも、その店員は岸辺露伴を知らなすぎたと言うほかない。

もっとも、ここから先は大部分の人間が知らないことだが――。


「ヘブンズ・ドアー」


露伴がそう唱えた瞬間、店員たちの顔に亀裂《きれつ》ができた。

いや、その表現は正確ではないかもしれない。

「――今、心の扉は開かれる」

二人の店員の顔が開き、本になっていく。

「……さて」

意識を失って倒れた二人。屈《かが》み込んでそのページをめくり、露伴は内容を読み始める。

それこそが岸辺露伴だけが可能な取材。それこそが彼に与えられたギフト。

〈ヘブンズ・ドアー〉。

その能力は即《すなわ》ち――人の心や記憶を〈本〉にして読むことができる。

人間の体には、今まで生きてきた全てが記憶されている。たとえ本人が忘れていても消せない記憶。

インタビューなどでは決して得られない一〇〇パーセントのリアル。

そのリアリティこそが作品に命を吹き込むエネルギー、極上のエンターテインメントとなるのだ。もちろん、まともに口を割らない犯罪者の心理、盗品を売りさばく手口から、そうなるに至った人生まで、あらゆる心の扉が開かれる。

露伴はそれを読むことによって、人の口から語られる曖昧《あいまい》な言葉ではない、他人の人生を取材できるのだ。

もっとも、これはあくまで取材。漫画を面白くするためにやっているにすぎない。

よって彼らが犯罪者だと確かめたところで、裁くつもりもなければ通報するつもりもないのだが――。

「僕は警察官じゃあない。だが……」

やがて露伴は店員たちの目ぼしい記憶をあらかた読むと、懐《ふところ》からペンを取り出した。

ヘブンズ・ドアーの能力は記憶を読むだけではない。

記憶のページに新たな文章を書き込むことで、対象に命令を行うことができる。書き込まれた命令にはいかなる人間であっても、絶対に逆らうことはできない。

露伴は正義の味方ではないが、漫画家として、表現者として見過ごせないことはある。

よってこう書き込んだ。

――全ての作品は最大の敬意をもって扱う。

「当然、漫画もだ」

ペンをしまい、露伴は立ち上がる。

腹の立つことは言われたが、有意義な取材ではあった。現代においても故買屋という存在が蔓延《はびこ》っている事実。そのやり口。彼らが真っ当な人生から足を踏み外すまで。

これでまた一つ、リアルな犯罪者のキャラクターが描ける。

あとは作品にさえ敬意を持てば、変わらず盗品を売ろうが知ったことではない。

さて帰ろうか、と思ったその時だった。

「……ン？」

不意に一冊の本が目に入った。

よく見てみれば〈オークション〉のカタログだ。

なるほど、盗品を仕入れてどう売り捌《さば》くのかと思えばそういうルートもあるわけだ。露伴は興味を惹《ひ》かれ、それを手に取りパラパラとめくる。

ふと、あるページで手が止まった。

出品リストの中にそれはあった。全てを〈黒〉だけで描かれたとある絵画。

――〈黒い絵〉。

写真で見る限り、それはこの世で最も〈黒い色〉ではないだろうが――。

「……」

今になって夢の中に出てきた彼女。まるで導かれるように手にしたカタログと、〈黒い絵〉。

人生がもしも漫画ならば、これはどのような伏線だろうか。

そして物語はここから始まる。

今度ばかりは、岸辺露伴は動かなければならない。

一章

――神の影を描けた時、私の絵は初めて完成する。

レンブラント・ファン・レイン（1606～1669）

ロビーには熱が立ち込めていた。

夏のせいでもなくて、一流ホテルにあるまじき空調の故障でもない。室温は快適に保たれているし、換気も万全である。

しかし人の感情とか、あるいは欲望と呼ぶものの生み出すムード。賑《にぎ》わいと言い換えてもいいが、そういう熱が少しずつ建物の中に醸成されていく。集《つど》う人々は誰もが畏《かしこ》まった装《よそお》いで、彼らの目的は宿泊ではなく、その日ホテルで催《もよお》されるイベントにあった。

今まさに受付で名刺を渡している集明社《しゅうめいしゃ》の編集者、泉京香《いずみきょうか》もそうだった。

周囲の参加者と比べて幾分か落ち着いた様子に見えるのは、彼女の目的が多数の参加者とはやや異なるものだからだろう。

「先日ご連絡した、集明社の泉です。お忙しいところ取材の許可をいただきまして、ありがとうございます」

そう、もちろん取材だ。

今日《こんにち》の日本に住む人々において、たとえ読書の習慣がなくとも集明社の名を聞いたことがない人間は少ないはずだ。文芸書籍や図鑑も取り扱うが、特に人気なのは漫画誌で、多くの著名な漫画家がこの出版社からコミックスを出している。

泉鏡花は漫画誌の編集部に在籍している。若いが、岸辺露伴《きしべろはん》という人気漫画家の担当を任されているのだから無能ではない。

編集部員の仕事には原稿の受け取りとか、担当作家の尻を蹴飛ばすとかばかりではなくて、クリエイターがその創造力を活かせる環境づくりも含まれる。

京香は資料集めや取材に関しては労力を惜しまない編集者で、そういうところが岸辺露伴の編集担当を任される要因の一つでもある。

しかし少々人柄が能天気すぎるきらいがあって、受付のホテリエへと挨拶《あいさつ》を済ませた京香は、ロビーの椅子にかけてカタログに目を通していた露伴のもとへ帰ってくる頃には、畏まった態度はなくなっていた。

「せんせー、お待たせしましたぁ。受付終わりましたっ」

ナメているのかと聞きたくなるような軽い声に、露伴は顔を上げずとも、向かいの椅子に座ったのが京香だと分かった。返事もなくカタログを読み続ける露伴の態度もぞんざいではあるが、京香もそれに慣れている。

「案外簡単に参加できるんですね、〈オークション〉って」

「参加自体は無料だからな……」

「それもビックリですよォ。お金持ちしか参加できないと思ってましたもん。だからもォーっとドレスっぽいの着てこようと思ったんですけどォ、取材だからやめたんですよねぇ」

「思いとどまってくれてよかったよ」

心底「何考えているんだこの女」とか言いたげな態度の露伴の声も、京香は大して聞いていないようだった。手続きを済ませて取材の準備を整えた時点で企業人としてのスイッチは一度切れていて、京香はすっかり世間話の調子で話し始める。

「でも漫画の取材って言ったら最初、チョッと〈どうかなァ～〉って反応だったんですよ。それが〈ピンクダークの少年〉って言ったら即ＯＫで……さすが先生」

「……僕の名前出したのか？」

「後でサイン三枚お願いしますね♡」

「泉くん」

確かに、泉京香は編集者としての仕事はこなすし、取材許可をスムーズに取り付けてくるし、その上で手っ取り早い手段を迷わず選ぶ点では有能なのだ。しかし、こればかりは露伴も言わねばならなかった。

「取材のたびにサイン配ってたらキリがないぞ。僕のサインはティッシュじゃあない」

「分かってますよォ。でも今度の〈書き下ろしの新刊〉……取材必要なんですよね、美術関連の。オークションも実際に見たいって先生が言ったんじゃないですかぁ」

「あ――――分かった分かった」

そう言われれば露伴は話を打ち切るしかなかった。「手段の選び方とかあるだろう」と言いたくなるところだが、あまりに岸辺露伴に合わない台詞《せりふ》だから仕方ない。

「ありがとうございまーすっ。あ、そうだこれ……」

露伴が文句を打ち切ると、京香は思い出したように何やら板状の物を取り出した。あまり日常生活で見かけるものではないから、京香の扱いもどこかぎこちない。

「受付でくれたんですけどォ、オークションの時に使う〈ペダル〉ですって。落札したいのがあったら、こう上げるそうです。〈ペタ〉って」

「……〈パドル〉」

「え？」

訂正されたのを分かってない顔をする京香に、露伴は若干《じゃっかん》イラついた。

「〈パドル〉だ。なんだ〈ペタ〉って」

「ンフフ、そうそうそう」

「ハァ――……」

癪《しゃく》に障《さわ》る笑い方をさせたなら、泉京香は集明社どころか出版業界通しても天下一かもしれない。露伴はあれこれ言いたい気持ちを全部ため息に乗せて捨てると、京香が持ってきた〈パドル〉を受け取った。

当然のように〈パドル〉を受け取った露伴に、京香は少々目を見開いた。作画資料として写真を撮るためでもなく、どうやらそれを使うつもりらしく見えたからだ。

「先生、何か買うんですかぁ？」

「どうせなら体験してみたいからな……それに、ちょっと気になる絵もある」

露伴は先ほどまで読んでいた出品カタログを開くと、それを京香にも見えるようテーブルに乗せて、その〈気になる絵〉を指で差し示す。京香はその指の先を覗《のぞ》き込み、出品物のタイトルに視線を走らせる。

「うわ、黒ォ～～っ！　〈Noire〉？　えっと……〈黒〉？　だったかな」

京香がフランス語を読んでみせたので、露伴は若干驚いた。まさか読めるとは。

「不思議な絵ですねぇ――。描いたのは、フランスの……〈モリス・ルグラン〉。有名な画家なんですか?」

「いや、それほどじゃあない。ただ——」

Noire。すなわち黒。あるいはブラック。

瞬《まばた》いた目蓋《まぶた》の裏の闇に、鮮烈な黒が浮かぶ。夢に見たあの夏の日の。濡れた鴉《からす》の羽よりも深く、陽《ひ》の光をも吸い込むような黒髪。

露伴の記憶という絵画に焦《こ》げ付いたような黒。夏の日の彼女。

「——ちょっと、思い出したことがあるだけだ」

露伴は立ち上がり、オークション会場へと足を向ける。磨かれたロビーの床で、コツコツと革靴の底を鳴らす。一歩遅れ、京香もカタログを手にその後につく。予定の時刻を考えれば、会場へ向かうのにはいい頃合いだった。

「さすがに超有名な絵は出てこないですよね。ゴッホとかダ・ヴィンチとか」

「出たら大騒ぎだ」

「ですよねー。そういえば……前から思ってましたけど先生ってちょっと〈モナ・リザ〉に似てません?」

「……泉くん。君、もう帰ったらどうだ?」

「イヤイヤイヤ、描き下ろしの発売に合わせて、ホームページで先生の取材日記アップしたいんですよォ」

「は？」

「だから先生はフッーに取材してください。私は先生を取材しますから。〈岸辺露伴、オークションに潜入ッ！〉とか……絶対読者が喜んでくれますよォ」

そう言って京香はさっそくデジタルカメラで露伴の撮影を行う。なぜホテルには丁寧《ていねい》に取材許可を取り付けてみせるのに、担当作家への態度はこうも大雑把《おおざっぱ》なのか。

頭に浮かぶ感情が怒りなのか呆れなのか整理するのも面倒で、露伴はもう何も言わずにオークション会場へと歩いていった。

♢

広い室内に鳴り響く木槌《きづち》の音といえば、裁判所かオークション会場くらいなものだろう。あの木槌は正式には〈ガベル〉と言うのだが、パドルを知らなかった京香はそれも知らないかもしれない。

ともかく、オークションはそのガベルが立てる小気味よい音と共に、テンポよくスピーディに進んでいく。

美術品やら骨董品《こっとうひん》、時には一目でそれが何なのか分からないような品まで、参加者が次々にパドルを上げ、それぞれの資産と意地とをかけて一つの品を競《せ》り合う。時に泣く泣くパドルを下ろし、あるいは想定以上に膨《ふく》らんだ値に冷や汗をかきながらも高額を提示する。欲と夢と金とが渦巻く煌《きら》びやかな催しを、露伴と京香は一番後ろの席から見つめていた。

「……何か買いたくなっちゃう雰囲気ですね」

人の生み出す熱は人を酔わすもので、最初は取材者として一歩引きながら見ていた京香もその熱気にあてられたようだった。

実際、超高額のプレミア品ばかりというわけでもない。オークションなんてものはネット上でもない限り、普段は縁遠いイベントだ。二、三万ほどの安めの価格設定で雰囲気を味わって、ちょっといい品でも手に入れられれば十分満足だろう。

しかし京香がそういう経験をする前に、ノンキな時間の終わりがやってきた。

露伴が先ほど話していた絵画、〈Noire〉が壇上に上がったのだ。

「あ、先生が狙ってたやつですよ」

進行を取り仕切るオークショニアが、会場へ向けて最低金額を呈示する。

「続きましては125番、モリス・ルグランの作品です……それではこちらは二十万円から参りましょう。二十万円。二十万円……」

露伴はさっそく17番と書かれたパドルを上げた。

決して有名な画家の作品ではない。これで対抗してくる参加者がいなければ落札である。画家自身が有名でなければ、絵画の相場というのは一号あたり一万円前後なのだから、二十万円で落札できれば万々歳だ。

しかし、そう平穏に終わらないのがオークションというものだ。

露伴たちの後ろのほうで、一人の男がパドルを上げた。番号は9番。

「二十一万円は9番の方……二十一万円、二十一万円……」

すかさず、露伴はもう一度17番のパドルを掲《かか》げる。競り合いである。一万円や二万円の上乗せで引いていては、美術品のオークションなどやっていられるものではない。

「二十二万円は17番」

アナウンスを聞きながら見てみれば、9番の男は何やら隣にいる別の男と相談をしているようだった。「こいつは面倒な展開かもしれない」と露伴が思ったその瞬間には、再び9番のパドルが掲げられた。

「二十三万円は9番！　二十三万円、二十三万円……」

「チッ」

案の定だ。露伴は舌打ちしながら、パドルを掲げ返した。今でこそチマチマと一万円ずつの上乗せを行っているが、それでは長引きそうな気配が立ち込めていた。

「二十四万円は17番」

9番の男が再び張り合ってくる。

「二十五万円、9番」

無論、露伴も負けはしない。

まるでビンタを張り合うようなパドルの掲げ合いが始まり、オークショニアも忙しなく金額を更新してゆく。

「二十六万円17番。二十七万円9番。二十八万円17番。二十九万円9番、三十万円17番……」

「うわ、あの人すっごい張り合ってくる！」

今までの出品とは一線を画《かく》したようなやりとりに、京香は声を上げた。もちろんそれに張り合っている隣の担当漫画家にもやや気圧《けお》されている。

両者のパドルが交互に上がるたびに京香は振り子のように視線を揺らし、その都度一万円ずつ値段が吊り上がってゆく。少々異様なペースだった。たった二人の参加者が競り合うだけであるのに、会場に立ち込めた熱気には奇妙な緊張感が満ちている。だが京香が漠《ばく》然《ぜん》とイメージしていた、ステレオタイプなオークションの光景がそこにはあった。こういうものを見に来たのだ、という興奮を確かに覚えた。

「三十二万円は9番ッ！　三十二万円、三十二万円……」

「もう、あの人しつこいッ！」

なので体が勝手に動いたとて、仕方のないことだったかもしれない。熱くなりすぎたのか、京香は勝手に露伴のパドルを上げていた。

「オイ」

「あ、スイマセン」

勝手に値段が更新されてしまったが、露伴も別にここで引くつもりはないようだ。それほどあの絵が欲しいのか、生来の負けず嫌いによるものなのかは京香には分からなかったが、ともかくそれ以上叱《しか》られる事態にはならずに済んだらしい。

しかし、二十万円から始まった絵がこれでもう三十三万円。十三万円もの上乗せだ。一万や二万の商品で参加してみようかなんて思っていた京香からすれば、ちょっと分からない世界の勝負だっただけに熱中していた。だが当事者は露伴である。この漫画家なら十三万くらい上乗せしても、なんなら元値の二倍かけても競り落とすだろうなという確信はあったし、そういう場面を見たかった。

「17番、さんじゅう――」

しかし、そうして盛り上げた会場の空気を一太刀《ひとたち》に切り裂くような声が、オークショニアの言葉を遮《さえぎ》った。9番のパドルが上がっていた。

「――五十万円」

会場全体に、ざわつきの波が広がった。

明らかな勝負手だった。元値の倍どころの騒ぎではない。一万円ずつの勝負を続けてきたところで大幅な高値の提示。京香もこれには開いた口が塞《ふさ》がらない。

「うそッ、ズルい！　急に――」

「――百万円」

「えっ」

京香は思わず耳を疑った。疑ったが、それが隣の漫画家の発した金額であることは疑えなかった。

いや、一瞬待ってみれば何の不思議もない。何せ岸辺露伴という漫画家は、こういう場面でまず引かない。

しかし驚愕《きょうがく》から納得に移りつつある京香とは別に、会場の客たちは明らかに一層ざわめいていた。無理もない。モリス・ルグランは決して有名な画家ではないとのことだから、二十万円スタートの絵画の価格がここまで吊り上がるのは想像だにしない展開だろう。

「……百十万」

9番の男がさらに上乗せを行った。

「これは決まりだろう」というムードが流れていた会場も、盛り上がりを増す。

いったいどこまで値が上がるのか。いったいどこまで意地を張り合うのか。元値の五倍を超えた競り合いなどそうそう見られるものではない。間違いなく、本日一番の見どころが今だろう。

対して露伴の身内として参加している京香は、まるで己《おのれ》のことのように焦《あせ》りを感じていたようで、悔しげに眉を寄せている。

「くぅぅ〜〜ッ……先生どうします？　あんまり有名な絵じゃないんですよねえ？」

「百五十」

聞くまでもなかった。

露伴は京香に応《こた》えるまでもなく、さらなる値の更新を行ったのだ。迷う様子もなかった。

「百五十万円ッ！　17番、百五十万、百五十万、百五十万は現在17番ッ」

あまり有名でない画家の二十万円だったはずの絵画が、いよいよコンパクトカーほどの値段になってしまった。こうなってくるともう、見守っている常人には理解できない。オークションの魔界。熱狂を通り越して、恐ろしさがやってくる。

「上げないで……上げないで……お願いします」

露伴の隣で、京香は熱心に祈っていた。

隣でオークションを見守り続けて、当事者気分になっていたというのもある。一方で「おそらく露伴先生は、これ以上値を吊り上げられても張り合うんだろうなぁ」という確信のせいでもあったかもしれない。

何せ岸辺露伴にとって、金というものはそれほど重くない。加えてこれは取材である。漫画が関わるとなれば預金通帳ごとなげうってもおかしくない、そういう漫画家なのだ。

ついでに言えば、命でもかかっていなければ――それだって「死んだら漫画が描けなくなるから」とか言いかねないが――こういう勝負の場で、岸辺露伴が相手より先に引き下がるイメージはなかった。

しかし露伴とて、負けん気だけでこの金額を提示したわけでもなかったろう。

三十三万から五十万への値の吊り上げは、９番の男にとってまさに勝負手だったはずだ。しかし百万円の次に提示してきたのは百十万。一万円ずつのチマチマした競り合いをやめたとはいえ、明らかにペースが落ちたと言える。

相手が〈勝った〉と思った瞬間こそが油断であり、チャンスでもある。必殺の切り札を叩き返してこそ勝負の決着が見えてくる。

そして岸辺露伴という漫画家は、攻めるべきタイミングを逃さない。

9番の男は隣の客とひそひそ何かを相談していたようだが、それっきり9番のパドルが上がることはなかった。

「百五十万ッ、百五十万ッ！　続かなければ17番の方のご落札です、百五十万円ッ！」

広い会場によく通る、木槌の音が鳴り響く。

それは決着を告げる合図。張り詰めた緊張の糸をほどく響きだった。

満足げな様子の露伴の横で、当人以上に安心したような京香が、力の抜けた体を椅子へと深く沈めてぼやいた。

「もォ――――ッ、どこまで上がっちゃうのかドキドキしましたよォ～～～」


「先生、絶対相手負かすトコありますよねぇ～～」

「フン、君だって上げてたろ」

オークションの閉会後。仕事場兼自宅へと向かう坂道を、露伴は梱包《こんぽう》された絵を手に、京香を伴って歩いていた。

　かさばる荷物が増えていようと、帰路の足取りは軽やかだった。茂る木々の間を抜ける風も爽《さわ》やかに、夏の心地よい部分だけが露伴の凱旋《がいせん》を祝福するかのようだ。

　一方で、会場を出てからの京香は熱気に当てられた頭も冷めてきたようで、少々引いた目線で露伴の〈買い物〉を見つめていた。

「係の人、言ってましたよ？　この絵の作家さん亡くなっちゃったんで、ちょっと価値が上がったそうなんですけどぉ……さっすがに百五十万円は」

「投資で買ったんじゃあない。欲しいから買ったんだ」

「……何がそんなに気になったんですか？　この絵」

　怪訝《けげん》そうな京香の声。

　いかにも「理解できません」と言いたげだが、無理もないことを露伴も分かってはいたのだろう。ネームバリューもなければ歴史的価値もない、素人目《しろうとめ》に見ようが専門家の審美眼で以《もっ》て見ようが、首をかしげられてもおかしくない。

　露伴はちらりと、自分の持っている絵に視線を落としてから答えた。

「絵――というより、正確には〈色〉だ」

「〈色〉って」

京香は記憶を辿る。

競うようにパドルが上がり、会場を驚かせた値上げ合戦の渦中にあったその絵の色彩。

「ほとんど〈黒〉でしたけど」

「……」

そうだ、黒。

漆黒《しっこく》。暗色。ブラック。影のような無彩色のNoire。

この世で最も黒い色ではないだろうが――。

「だからだ」

そう手短に答える頃には、露伴たちは露伴邸へと辿り着いていた。

積み石調の外柱を始めとしたエクステリアは、夏の木々に違和感なく溶け込みながらも上品な存在感を放つ。岸辺露伴の仕事場である。

屋根を低く水平に空間を広げる、このいわゆる草原様式（プレーリースタイル）の自宅兼仕事場は、杜王町《もりおうちょう》の自然の中に建築物を調和させるもので、名建築家フランク・ロイド・ライトの哲学を宿した一軒である。

もちろん京香からしてみれば「ペチャッとしてるけど広い仕事場ですねぇ」くらいなものだが、こういう建物に絵を飾るのが似合うのはよく分かった。クラシックな絵画などだたいていの家屋に飾っても浮いてしまうが、ここなら心配はあるまい。

ところが廊下を抜けて書斎に入るや、目に飛び込んできた光景は、京香の予想も記憶も裏切る有様になっていた。

「うわッ！　何ですかこれェ――――ッ！」

一言で表現すれば、ごちゃごちゃだ。

何やら草だとか木だとか吊り下げられているし、瓶だの塗料皿だのあちこちに広がっていて雑然とした有様なのだ。それに加えて形容しがたい匂いもする。おそらく匂いのもとは一つや二つではなく、それらが混然として室内を満たしているものだろう。

見慣れた家具が残っているから、かろうじてそこが露伴の書斎であることは分かったものの、この有様では書斎と言うよりどこぞの劇団の楽屋に近い。それも今ほど小道具の洗練されていないような古い楽屋だ。

ヒいてしまっている京香を尻目に、露伴は運んできた絵を下ろして梱包を解きながらその疑問に答えた。

「昔からある顔料、絵の具のもとだ」

「絵の具ですか？　これ全部？」

といっても、京香にとって絵の具といえばチューブに入った製品のイメージ。それらの正体を露伴に明かされてもピンとこない様子で、手近なところにあった、薄い円盤のような物を持ち上げてみる。

「え～、すっごぉーい……コレなんて薄いお煎餅《せんべい》みたいですねぇ。フフフ」

「食べてみるか？　一応言っておくと、もとはカイガラムシだ」

「エッ」

虫、という響きに京香は思わず顔をしかめる。

「え、これ、虫ですか」

「潰《つぶ》して煮詰めて、綿に染《し》み込ませる」

「うーわっ……」

カイガラムシの色素など、知られていないだけで食品にだって使われている体に優しい添加物なのだが、と露伴はわざわざ言ったりしない。「じゃあ普段気づかずに食べてるってことですか」などと始まったら長くなる。

「江戸時代には普通に流通してたんだが……今では作られていない」

「へぇ～、よく手に入りましたねぇ」

「たまたま見つけたんだ、骨董屋で」

「骨董……ああー、だから干からびちゃってるんですね？」

正しくは〈えんじ綿〉と呼ばれるその赤い円盤は、西洋画が国内に入ってくる以前の古き日本画の時代にはメジャーな顔料であった。現在は製造法も失われた希少なロストテクノロジーの遺産であり、購入するとなればそれなりに高級品でもある。

露伴は黙ってその綿を京香の手から取ると、小さくちぎってカケラにして、小皿に溜めた水へと溶かす。するとみるみるうちに、小皿の水は熟成された赤ワインのごとく深い赤へと染まっていく。

「わぁ、すごぉーいッ！」

百聞は一見に如《し》かずというのは金言で、なじみのない道具ほど使ってみせるのが手っ取り早い。続いて露伴は黄色い木片のようなものを手に取り、同じように水に溶かせば向日葵《ひまわり》のように鮮やかな黄色が現れた。

「これはガンボージ……」

「すっごい綺麗ですね！　……あ、写真ッ」

京香の反応は好感触だった。

そもそも〈色〉とは、自然界において警戒色なり異性へのアピールであったりと、動物の本能を刺激するものだ。人によって魅力の対象は違うだろうが、化粧品売り場にときめく感性があれば塗料だってけっこう楽しく見れたりするし、逆に模型趣味の男性が鮮やかなコスメを見ると面白く感じたりもする。

そういうわけで京香も顔料に興味を持ったのはよかったのだが、ついでに〈岸辺露伴の取材日記〉のことも思い出したらしい。遠慮なくカメラで、それらの撮影を始める。

「面白ォ〜〜い！　虫とか木とか、こんな色が出せるなんて不思議ですねえ〜……これでカラー原稿描いても面白そうじゃないですか？」

「ああ。原稿用紙との相性とか、今色々試してるよ」

「なるほどォ――……それでこんなにたくさん……？」

デジタル作画が発展した今でも、カラー原稿をアナログで描く作家というのは意外と珍しくない。水彩画風のタッチが出せるソフトはあるが、絵筆やコピックといった昔ながらの画材で専用紙に描いてこそ生み出される味はある。

デジタルが取って代わるのではなく従来の画材に加えてデジタル画材が増えた、選択肢が広がったと言える。これだけ多様な絵の具を実際に見た後となると、京香もそれを実感する。

感心しながら、京香は室内にもレンズを向けて写真を撮りはじめる。

漫画家が分かりやすく変わった道具を集めた仕事場など、取材日記のネタには持って来いだろう。そのネタに貪欲《どんよく》な点は露伴も美徳と認めざるを得ないだろうが、自宅をバシバシ無断撮影されることについては文句も言いたげだった。

そうして部屋のあちこちにレンズと視線を向けるうち、ふと京香の視線がある色に留《と》まった。

多種多様な絵の具が飾る鮮やかな部屋の中において、ひと際《きわ》目立つ〈黒〉。

露伴が落札してきた一枚の絵、〈Noire〉。京香の視線がそれを捉《とら》えたのを見て、露伴の瞳もまた、その黒を映す。

「そういえばさっき、この絵の〈色〉が気になるって……」

絵の具というものが想像以上に多彩な顔料から作られることを学んだ今の京香にはピンとくるものがあった。つまるところ露伴は、その絵自体やテーマ性よりも描くのに使われた素材に興味があったのではないか。何かよほど珍しい顔料から生み出された〈黒〉なのではないか、と。

「黒の顔料っていうとー……イカ？」

ありきたりな答えに自分で笑う京香。露伴は笑わない。

「イカはセピア色だ」

「へえーッ！」

「黒は……だいたい、何かを燃やした炭や煤《すす》だ。このモリス・ルグランという画家も日本の墨を使ったり、研究していたらしいが──」

露伴の机の上にも、いくつかの黒の顔料があった。まさに炭や煤、あるいはウルシなどを瓶詰めしたもの。そういった代表的な黒い素材が並んでいる。

しかし、それらは確かに黒い色だが、はたして〈黒そのもの〉とは言い難《がた》い。

ゆえに、露伴は問いかけた。

「泉くん。〈この世でもっとも黒い色〉を見たことあるか?」

「もっとも黒い? ウ〜〜ン、やっぱり墨とか……」

その問いかけを京香は最初、あまり深く考えなかった。ただ〈もっとも〉という表現がついているのは大仰《おおぎょう》に感じる。単純な答えは求めていないだろうと思ったから、自分の記憶の中を漁《あさ》って答えを探ると、少しは話題を広げられそうなものを思い出した。

「……あっ。今、黒地のノートが流行《はや》ってるんですよォ。私も持ってるんですけど、カワイイんですぅ〜〜! ほら、これ結構黒くないですか?」

そう言って、バッグの中から取り出してみせたノートは、確かに表紙どころか各ページが黒い。

主《おも》に白ペン、あるいはパステルカラーのペンを使うためのもので、京香のそれもカラーペンで仕事用のメモが取られている。地色の暗さで文字のコントラストが際立《きわだ》つために、メモした内容を記憶しやすいと話題になっている商品だ。

なるほど、確かに他の有彩色を添えることでより暗さが強調されるノートの黒は、単色で見るよりもずっと黒く見える。気の利《き》いた答えだったかもしれない。

しかし露伴が言っているのは相対的な話ではなく、絶対的な〈黒〉なのだ。

露伴は頷《うなず》くでもなく、黙って書棚から一冊の図鑑を出すと、とあるページを探して開いてみせた。

「エッ！」

京香は一瞬、そのページを印刷ミスかと疑った。まるで黒というか、影というか、あるいはページに穴でも開いているのではないかと疑うほどの〈黒〉。

深い深い夜闇のような、漆黒の鳥がそこに写っている。

「うそッ、黒ッ！　ていうか黒すぎてもう羽が見えないッ！　ブラックホールみたいですよこれぇ！」

「〈極楽鳥〉の一種で、この羽毛はほぼ一〇〇パーセント、光を吸収する……つまり反射しないから見えないんだ。実際は、もっと黒いだろうな……」

色というものの正体は、物質に当たった光の反射。すなわち人間が網膜で認識した光の姿である。それを一切行わない物質となれば、もはや実体を得た影と言ってもいい。多くの色が光の姿なら、〈黒〉とは影の姿なのだ。

一般的な顔料の抽出で成せる〈黒さ〉とは一線を画したその存在は、光の神秘であるとともに生命の神秘であり、少なからず京香を興奮させる。

「スゴい……これが〈最も黒い色〉なんですねッ？」

「……いや」

しかし、それですらもまだ真の回答ではない。

かの鳥は神秘的ではあるが奇妙ではない。この世に実在し写真を撮られ、学術的な生態研究もされている生物だ。それはそれで興味深いものではある。

だが、足りないのだ。

写真で〈見えている〉ということは、光を捉えているということだ。それはどうしたって〈黒〉そのものの足り得ない。

おかしな話だ。光が存在する限り、そんな〈黒〉は肉眼では見ることができるはずがないのに、だからこそ違うと分かるのだ。

「おそらく、もっと黒い……〈この世に存在し得ない黒〉がある。そして——」

露伴はその、確かな答えを知っていた。

ここからが本題のはずだった。

「──それを使って描かれた〈黒い絵〉も存在する。画家の名前は〈山村仁左右衛門《やまむらにざえもん》〉。二百五十年ほど前に──」

しかし、そこで言葉が途切れた。

「…………………」

不意に、窓の外に露伴は〈黒い色〉を見た気がした。厳密には、〈黒い髪の誰か〉を。けれど窓の外には誰もいない。窓枠を伝い、一匹の蜘蛛《くも》が歩いているだけだ。あとは見慣れた家の周りの風景に、夏の緑が揺れるばかり。

それでも露伴は、視界の隅に映ったような黒髪の気配を、気のせいとは思えなかった。

そんな露伴の様子に気づかず、京香はスマホで件《くだん》の画家の名を検索していた。

「〈山村仁左右衛門〉……ン？　全然検索引っ掛からない……」

「……無駄だよ。名前も絵も、記録はどこにもない」

「じゃあ都市伝説みたいなモンじゃないですかぁ」

「ああ……だから、もう思い出すこともなかったんだが……」

「誰かから聞いたんですか？」

窓の向こうを彷徨《さまよ》っていた露伴の視線が、室内に戻って京香へ向く。

キョトン、とした様子の京香を見ながら、露伴は答えた。

「忘れた」

「えぇ〜〜〜〜ッ」

肝心なところで肩透かしを食らい、京香は絵に描いたように不満をあらわにする。「そりゃあないですよ、ちゃんと思い出してください先生」と始まりそうなところだったが、そういう展開にはならなかった。

露伴の視線が再び、窓の外へと向いたからだ。

今度は確かに見間違いではない。窓の外に、露伴たちを覗く誰かがいた。

露伴は玄関へ回ることなく、テラスルームから足早に外へと出ていく。

「先生？」

キョトンとした顔で、京香は外へ飛び出していった露伴に気を取られていた。

だから、逆側の窓から覗き込むもう一つの人影に、気づくことはできなかった。


急いだ甲斐あって、露伴は家の外へ出てすぐに覗きの犯人を見つけることができた。

「……！」

忘れるはずもない。忘れるほど懐かしい顔でもない。それはオークションで〈Noire〉を巡って張り合った人物。

あの9番のパドルの男だった。

男は露伴が追いつく前に、速足で物陰へ回り込もうとしていた。家の周辺は高い塀や生け垣に囲まれて、入り組んだ道に坂も多い。一瞬でも見失ってしまえば追いかけるのは容易ではない。

男もそれを計算に入れていただろうし、実際逃げ切れる可能性は低くはなかっただろう。

相手が岸辺露伴でなければ、の話だが。

「ウッ！」

わけも分からないうちに、男の意識は途切れた。

顔がパラパラと本のように変化し、逃げ込もうとした物陰へと倒れ込んでいく。露伴は男が逃げ出すより早く〈ヘブンズ・ドアー〉を発動させていたわけだ。

この露伴が持つギフトの強みは、使った対象の記憶の閲覧《えつらん》、命令に加えて、意識を停止させるところにもある。本は考えず、語らず、動かない。

動きを封じ、素性《すじょう》を明らかにするこのギフトは、こと逃走する相手に対して極めて効果的なのだ。

さて、これで焦る必要はなくなった。

露伴はゆっくりと、本にした男のほうへと歩み寄っていく。過去に見知った顔ではなかったはずだ。なぜこの男が家の場所を知っているのだろうか、という疑問があった。単なるファンであれば顔を見て逃げ出すこともあるまい。

「……まさか、〈あの絵〉のために家まで追いかけてきたのか？」

ともかく、本にしてしまえば考えるより読むほうが早い。露伴は男の傍《そば》へ屈み込むと、そのページをゆっくりとめくりだす。

その時だった。

「きゃぁぁあああああああああっ」

「ッ⁉」

家の中から高い悲鳴と、剣呑《けんのん》な物音が聞こえてきた。

露伴は京香を置いて飛び出してきたことを思い出し、迂闊《うかつ》だったかもしれないと気づいた。確かオークションで張り合った男は〈二人組〉だったはずだ。

立ち上がりざま、露伴は本にしたまま倒れた男のことを一瞥《いちべつ》したが、すぐに家へと走りだす。先ほどのは虫やネズミを見たような悲鳴ではなかった。緊急性が高いのは明らかに屋内のほうだ。

「泉くん、どうしたッ！」

露伴が書斎へ駆け込んでくると、尻もちをついた京香の姿があった。

見たところ怪我や乱暴をされた様子はない。どうやら単に腰が抜けたようだったが、ではあの悲鳴はなんだったのだという話になる。

そしてその原因は、すぐに京香の口から語られた。

「先生、〈あの絵〉取られちゃいましたあッ！　いきなり男の人が入ってきてッ！」

「……！」

露伴の視線が動く。

先ほど、確かに置いたはずのその場所に〈Noire〉はなかった。京香の位置からして、おそらく露伴が飛び出していったのを怪訝《けげん》に思った京香が、テラス側へ移動したその隙《すき》に侵入してきたのだろう。

だが悲鳴のタイミングと露伴が駆け込むまでの時間、何より絵を一枚抱《かか》えての逃走となれば、侵入者はまだ遠くへ行っていないはずだ。

案の定、家の裏口のほうからドアの閉まる音が聞こえてきた。すぐさま、露伴も裏口へと駆けだしていく。

「……いたた……」

したたか打ち付けた尻の痛みに呻《うめ》く京香だったが、どう見たって命にかかわる感じでもない。そういうわけで京香は再び、部屋に一人で放っておかれることになった。デリケートな油絵よりも、元気な人間のほうがずっと丈夫なはずだ。


絵を盗んだ男、カワイは逃げ切れたと言えるほどの余裕は感じていなかった。

露伴邸を出てからは遮二無二《しゃにむに》走り、隠れられそうな物陰を見つけると抱えた絵ごと転がり込んだ。

そもそも本来はオークションで手に入れる予定だったのだ。それが鮮やかな手口とは言い難い盗みを働いた。相方の男、ワタベが注意を引いていなければ難しかっただろう。とにかく目的物を手に隠れはしたものの、キャンバスに描かれた絵画は荷物としては目立ちすぎる。〈Noire〉を持ったまま逃げ切るのは難しい。

だが、それでもよかった。カワイの目的はあくまで、この絵を持ち帰ることではなかったのだから。

カワイは辺りを窺《うかが》うと、〈Noire〉をひっくり返し、裏を覆《おお》う油紙を剝《は》がし始めた。とても絵に対する敬意のある作業ではない。カワイにとって重要なのは、描かれたものではなかった。油紙が破けるのもお構いなしに、とにかく引っぺがしていく。

　ところが、焦りがカワイを襲った。

「……ない」

　民家へ不法侵入し、雑な盗みを働いてまで手に入れたのだ。相方のワタベもどうなったか分からない。だというのに〈目的のもの〉が見つからなければ意味がない。

　頭を支配する焦りを振り払うように、画枠を掻きむしるような勢いで油紙をあらかた剝《は》いでいく。

　やがて裸になった木枠の角に、カワイは〈黒い塊《かたまり》〉を見つけた。

「……」

　それは最初、タールのようにも見えた。

　絵の具の垂れた跡かとも思ったが、それにしてはどうも厚みがあるようだし、何より黒すぎる。

　すぐに奇妙だと感じた。

　その〈黒い塊〉は、カワイには蠢《うごめ》いているように見えた。

　そう、それは例えば古い家の壁や、老木の幹に群がる——。

「…………？」

カワイは、やがて気がついた。

己の手に〈黒いシミ〉ができている。

いや、シミのように見えているだけだ。手の上で蠢く感触もあって、カワイはそれがシミでもただの黒い塊でもないことを、ようやく悟った。

それは、小さな〈黒い蜘蛛〉の群れだ。

「うッ⁉」

自分が隠れていることも忘れ、カワイは思わず声を上げた。必死に己の手を振り、蜘蛛を振り落とそうとする。小さな群体に集《たか》られるのが平気な人間は少ない。気持ち悪さに加え、不意の驚きもあっただろう。

次の瞬間、背後から車のクラクションが聞こえた。

カワイは最初「この絵を買った露伴とかいう男が追いかけてきたのか？」と考えた。声を上げてしまったせいで見つかったのか、と。

だが振り返ったカワイを待ち受けていたのは、想像を絶する光景だった。

「――え？」

車が生えてきた。

比喩《ひゆ》ではない。文字通りに突然、何もない場所から現れた。

しかも近頃流通しているような型のものではない、相当に古いクラシックカーと呼べるような代物《しろもの》だ。けれどどこか、カワイには見覚えのあるデザインでもある。

「うあ……」

混乱していた。奇妙な体験だった。今のカワイには分からないことだらけだった。

確かなのは一つ。

その車がまっすぐに、カワイ目掛けて迫ってきていることだけだ。

「うぉおああああああああああああああああああああああああッ！」

カワイは一心不乱に、その場から逃げ出した。

苦労して盗んだ絵は放り出した。そんなことなど、構っている場合ではなかった。ただ本能が警告するままに従い、ひたすらに走った。走り続けた。

息が切れても、足が痛んでも。

やがてスマートフォンが誰かからの着信音を鳴らしても、カワイは止まらなかった。ただひたすらに恐ろしくて、逃げて逃げて逃げ続けた。

「何なんだッ！　何で――」

鈍《にぶ》い音がした。カワイはそれきり悲鳴も上げず、車の音も聞こえなくなった。

夏風の吹く道端《みちばた》に、着信音だけが鳴り続けていた。

♧

放り出された絵を露伴が見つけた時、カワイの姿は既《すで》になかったし、黒い塊もどこかに消え去っていた。

「先生、取り戻したんですかッ⁉」

「いや……捨ててあった」

少し遅れてやってきた京香は、露伴の持っている絵の無惨な様子に声を上げる。油紙の破られた絵の姿は、少なからずショッキングだったろう。

「裏が破られちゃってる……ひっどいなぁ……」

なにせ初めて参加したオークション。白熱した競り合いの末に、百五十万円もの値をつけて競り落とされた絵だ。京香が購入したわけではないとはいえ、憤慨《ふんがい》はする。取材日記だってこれでは台無しかもしれない。

だが人間は不思議なもので、そういうショックを受けた光景を逆にじっくり見つめてしまったりする。

そうしているうち、京香はあるものを見つけた。

「あれ？　何か書いてある」

京香の言葉に、露伴も露《あら》わになった絵の裏側に目を向けた。

文字だ。おそらくはフランス語。そして、作者の署名にしては長い。京香がそれをじっと見つめ、ややたどたどしく訳しながら読み上げる。

単語だけでなく文章を訳せることに露伴は驚いたかもしれない。だが、より驚くべきは京香が読んだその内容だ。

「えぇーっとォ……これは、ルーヴルで見た黒……そして、後悔？」

ルーヴル。

その名に聞き覚えのない画家、作家はいない。

芸術の聖地フランス、パリ。三十八万点もの品を収蔵する世界最大級の美術館にして、それ自体が史跡でもある人類の宝殿。絵画の裏に隠すように書かれた一文に出てくる名としては、あまりにも無視し難《がた》い。

黒い絵画。謎の男たち。フランス語の覚え書き。そして、後悔。それら露伴を取り巻くものが少しずつ、線となって繋がり始めている。

何かが起こる予感があった。

通報しようとスマートフォンを取り出した京香を制し、露伴は破れたままの絵を持って書斎へと戻った。「ホントに警察に連絡しなくていいんですか?」と京香は言うが、今は警察に構っている場合ではなかった。単純に面倒だったのもある。

書斎の椅子に座り、露伴は〈Noire〉をじっと眺める。

見つめるのは描かれた絵ではなく、その裏側。

この一連の出来事の、裏側だ。

「何ですかね、後悔って……作家さん亡くなっちゃってるしなあ」

「……〈ルーヴル〉の黒……」

絵の裏の文字を読み上げるように、露伴がぽつりと呟く。

まだ全容は見えない。けれど真相を描き出す線の一つは、間違いなく自分にも繋がっている。露伴はそう感じていた。

露伴は絵をひっくり返し、表に描かれた黒を見る。

黒。そして、後悔。

結論を、京香が先に言葉にする。

「……もしかして、さっき先生が言っていた〈黒い絵〉と関係ある……とか?」

露伴の瞳が、京香を見た。

漫画家が頭の中で捏《こ》ね回している思考を、一言で言語化できるのは優秀な編集者の証《あかし》だ。

やるべきことは確かになった。

「次の取材先は決まった。……――〈ルーヴル〉だ」

その長い睫毛《まつげ》を震わせるように、京香は目を見開いて返す。

「エッ……え、それって、あのパリの――」

「それ以外にあるか？　〈ルーヴル美術館〉だ」

えらいことになった。

締め切りとか刊行スケジュールとか編集部の負担とかあるのだから、急にパリとか言われても……と、大抵の編集者なら頭を抱えるのかもしれない。

だがそこは泉京香、岸辺露伴の担当だ。

頭をよぎったのは写真映《ば》えするルーヴル・ピラミッドの威容。それにセーヌ川と、シャンパン、マカロン、ルイ・ヴィトン。子供の頃からのちょっとした憧《あこが》れ。

心配事といえば、パスポートをどこへしまったかくらいだった。

露伴邸から下る坂道を急ぎながら、９番のパドルの男――ワタベは電話の向こうの相手にそう告げていた。

言語はフランス語。京香の口にするそれよりよほど流暢《りゅうちょう》で、話し慣れている。

内容を訳すと、こうだ。

『あの岸辺露伴ってやつ……何かおかしい。俺は降りる』

ワタベは電話口の相手に、この件から手を引く旨《むね》を告げていた。

昏倒《こんとう》したワタベが目覚めた時、既に近くに露伴の姿はなかった。ワタベの記憶は露伴に見つかって逃げようとしたところで、急に途切れていたのだ。

ヘブンズ・ドアーは常人に知覚できない能力だ。よもや自分が本にされていたとは知る由《よし》もない。しかし言いようのない違和感があったのは確かで、ゆえに恐ろしかった。

あの後、ワタベは相方のカワイが上手《うま》く仕事をこなしたか確認しに行ったのだ。だが打ち合わせていた逃げ道の先にカワイはおらず、ワタベが目にしたのは捨てられた絵を拾う露伴と京香の姿だった。

自分はなぜ倒れていたのか。なぜ絵は回収され、カワイはいなくなったのか。

ワタベにとってみれば理解のできないことだらけだ。〈この仕事〉がまっとうな案件でないことは間違いない。

『いいや、これっきりだ……。あ？　ああ、絵の裏には何も入ってなかったよ。じゃあな』

そこまで言って、ワタベはさっさと電話を切った。

一応、露伴が絵の裏を覗き込んでいる場面を、遠目に確認しておいたのだ。最低限の目的は果たしたと言えるだろう。

しかし言った通り、あの絵の裏には何もなかった。

わざわざケチな泥棒の真似までして、骨折り損もいいところだ。降りて正解だったとワタベは清々する。

だが、カワイのことは気がかりだった。

あれきり、ワタベはカワイの姿を見ていない。自分が露伴に何をされたのかワタベには想像もつかないが、それだけにカワイがどうなったのか不安ではあった。

無事であれば、合流するためにこちらへ来ていてもいいはずだ。日本という安穏とした国で、多少の危ない橋を渡れど、命にかかわる危険などないはずだったのに。

通話を切ったばかりのスマートフォンを操作し、ワタベはカワイの番号を呼び出す。

コール音が鳴る。

五秒。十秒。湿った風が耳を撫《な》でる。

カワイの声は聞こえない。

♁

イーゼルに立てて飾ってみれば、〈Noire〉にも名画の貫禄《かんろく》があった。

夏の夕日が射し込む書斎で、漆黒の絵は影に溶けるような深さを孕《はら》む。日が落ちるほどに深くなっていくその絵の〈黒〉を、露伴は仕事机から眺めている。

「……」

集明社へ帰った京香は、今ごろ満面の笑みでパリ行きの手続きをしていることだろう。

だが露伴には浮かれた様子はない。むしろ表情はどこか重苦しく、日が沈めば沈むほどにつられるような影が差していく。

夕焼けは、陽光の死に際《ぎわ》の炎。やがて今日の陽《ひ》が死ねば、漆黒の夜が訪れる。

黒に包まれていく時刻の中で、露伴は一人、耳を澄ませる。

響いてくるのは、記憶の中からの声。


——何も……、全て……——。

机の上から黒い絵の具を見繕《みつくろ》い、適当な紙面に筆を走らせる。

筆先は軽く、指はさらさらと動く。絵を描くことで日々の糧《かて》を得てきた人間の、その手に染みついた筆遣《づか》い。

けれどそれは普段の原稿を描くのとは違う、もっと懐かしい感触をなぞるようで。

「……」

紙の上に、女の姿が浮かぶ。

いや、正しくは、女の黒髪。それはあの夏の日に見た黒。

露伴にとって、思い出の中で一番深い黒。

そう、たしか彼女に会ったのは——……夕焼けの眩《まぶ》しい夏だった。

二章

——絵を描く時、人は思考していない。

ラファエロ・サンツィオ（1483〜1520）

あれはまだ漫画家・岸辺露伴《きしべろはん》がデビューしたての頃だ。

露伴の母方の祖母はかつて、杜王町《もりおうちょう》で旅館を経営していたのだが、夫が亡くなったのを機に廃業していた。

その建物を下宿として貸し出していた時期があって、露伴は数か月ほどそのアパートで暮らしたことがあった。プロデビューしたばかりというのもあって集中したかったし、余計な物がないのが執筆環境として適していた。

祖母は思い切りのいい人で、廃業の際に身の回りの物以外は大方売りに出してしまったから、広々とした部屋がいくらでもあった。駅から遠くて古い建物だけれど温泉も引いてあるし、露伴は子供の頃からこの場所が好きだった。

時々、祖母から不要品を買い取るために古物商が出入りしていたくらいで、ほ、と、ん、ど、は祖母以外に人と顔を合わせることはない。

他の何にも気を取られず、漫画を描くのに集中していられる環境。

そのはずだったのだけれど――。

「――ただいま」

その日、露伴はスケッチブックと鉛筆だけ持って近所の散策に出ていた。

辺りには自然が多かったから鳥や風景のモチーフには困らなくて、普段から原稿に向かう以外は気分転換も兼ねてスケッチに出かけることが多かった。

杜王町の自然を描く時、鉛筆は紙の上を伸び伸びと走る。少し足を延ばせば深く青い海が見え、青ざめた夜には月明かりにキラめく湧き水が浮かび上がる。ごみごみとした人の群れから離れ、美しい風景の中で絵を描くのは安らぎだった。

滞在中の寝食は祖母に世話になっている身だから、夕飯前には一度帰ってくる。

その日も夕刻ごろ、刺すように鋭くなってきた西日から逃げるようにして帰ると、祖母の部屋からは「おかえり」の声と共に、お決まりのダイヤルに合わせたラジオの音が聞こえる。

靴を脱いですぐに、寝泊まりしている自室へ向かった。

「……」

漫画の道具は一式持ち込んであって、原稿を描くのに不自由はしない。けれどデビューしたばかりの岸辺露伴はその頃、ちょっとした壁にぶつかっていた。

気分転換の散策も大した収穫はなく、さっそく原稿に向かっても筆は乗らない。〈ピンクダークの少年〉の岸辺露伴を知る人間には想像もつかないだろうが、誰であっても経験する初々《ういうい》しい時代は彼にもあった。

日中の外出はさんざん太陽に焙《あぶ》られて、外の埃《ほこり》も浴びた。

汗を吸わせた服のまま食卓に着きたくもないから、露伴はスケッチブックを置いてタオルを手にした。汗とか埃とか色々と、気持ちのよくないものを流してしまいたかった。

元は旅館だっただけあって、夕日の射し込む廊下の情景は美しかった。

もう少し入居者がいてもよさそうなものだが、流行《はや》っていないことが露伴にはありがたい。なんなら人の気配のないことが、その美しさに一役買っていたのかもしれない。

子供の頃から何度か訪れた場所だったたし、暮らし慣れてきていたから浴室へ向かう足取りも実家の如《ごと》く自然なもので、今更迷うこともない。

形にもなっていないような思考を頭の中で転がしながら大浴場に着くと、露伴は自宅の浴室と変わらぬ気軽さで、その扉を開けた。

失敗だった、と気づいたのはすぐだ。

「あッ……」

脱衣所には先客がいたのだ。

思わず上げてしまった露伴の声に振り向いた時、彼女は下着しか身に着けていなかった。

丸みを帯びたしなやかな輪郭《りんかく》が、夕刻の脱衣所にくっきりと描かれていた。

彼女は悲鳴は上げなかった。ただ咄嗟《とっさ》にタオルで己《おのれ》の体を隠すばかり。あとはアーモンドのようなつぶらな眼《まなこ》をいっぱいに見開いて、露伴を見つめていた。

そこが〈女湯〉の入り口であることを、露伴はようやく思い出した。

「すいませんッ！　間違えましたッ！」

慌てて扉を閉める。扉の向こうの彼女は、騒ぐようなことはなかった。しぃん、と静寂《せいじゃく》だけがそこに残って、代わりに心臓の音が露伴にはやたら煩《うるさ》かった。

――不注意だった。

自分を責めるような思いも最初は湧いた。

「いや……」

けれどすぐに理不尽な気もしてきた。

露伴は顔を上げ、浴場の入り口に掲《かか》げられたプレートを睨《にら》む。女湯には島田に結った黒髪が描かれている。男湯のプレートは髷《まげ》の絵。

「悪いのはうちのババアだ……分かりづらいんだよ。何で男湯と女湯の区別がヅラなんだ」

せめて性別記号とかあるだろうに。「男・女、漢字でいいじゃん！　単純に！」と言った覚えもあるが、プレートは御覧のままだ。

やがて脱衣所の扉が開くと、浴衣《ゆかた》を纏《まと》った彼女が現れた。すれ違いざまに小さく会釈《えしゃく》をすると、足早に階段へと消えていく。

「……」

何か弁明しようという暇《いとま》もなく、露伴はその背を見送った。

どこか消化不良な気持ちが胸に残る。祖母の部屋からは笑い声が聞こえてきた。ラジオで笑っているのだか露伴を笑っているのだか、微妙なところだった。

ケチのつき始めはどこだったろうか。

そもそも、アクセスの悪い郊外の温泉地。雰囲気と景色はいいところだが、たまに訪れる旅館ならともかく下宿なんてやるには不便な場所だ。ガラガラの客間と静かな廊下がそれを証明している。

だから「自分以外に客なんていないはず、集中するには最高の環境じゃあないか？」と高を括《くく》って来たのに、ここには先客がいたのだ。それを聞いた時、驚くやらアテが外れたやらで固まってしまった自分に高笑いした祖母を、露伴は覚えている。

「……チッ」

八つ当たり気味に、露伴は祖母の部屋の襖《ふすま》を閉める。笑い声が遠くなる。

歩きだして、視線がふと階段のほうへ向いた。

夕刻の宿の廊下に、彼女の姿はもうなかった。ただ一言も交わせなかった気まずさと、すれ違いざまの黒髪の艶《つや》やかさを覚えている。

その心の描き出す情景に、なんと名前を付ければよかったのだろう。

彼女の名は、奈々瀬《ななせ》。

あの夏の夕暮れに、彼女の余韻《よいん》はまだ焼き付いている。


ともかく、そうして新人漫画家・岸辺露伴の夏は祖母に加え、思わぬ他人との共同生活の中にあった。

気まずさと面倒さと、進まぬ原稿への焦《じ》れもあって、露伴はなるべくその唯一《ゆいいつ》の他人との接触を避けながら過ごしていた。想定していない窮屈《きゅうくつ》さに歯噛みする日々だった。

奈々瀬との関わりが生まれたのは、それから少し後のことだ。

「……」

まだ太陽の高い時間、その日の露伴は宿の庭でスケッチブックを開いていた。祖母が餌《えさ》を撒《ま》いておいたようで、それを啄《ついば》みにやってくる小鳥を描いていたのだ。

羽毛の輪郭を描く鉛筆に迷いはない。

若かりし頃であれ露伴の画力は高く、滞在中に描き慣れた鳥の絵などスムーズなものだった。しかし慣れたスケッチを手慰《てなぐさ》みにしているだけでは、己の抱《かか》える課題の解決にならないことも分かっている。

この下宿の客といえば、小鳥たちか骨董屋《こっとうや》くらいなものと思っていたのに――。

スケッチはまだ途中だったが、やがて満腹になったのか小鳥たちは飛び立っていってしまう。それを目で追うと、二階の物干し台に奈々瀬の姿があった。

なるほど、旅館ではないのだ。洗濯だって自分でする。

つい露伴は視線を留《と》めた。

洗濯物へ手を伸ばした奈々瀬が顔を上げ、白い喉《のど》を晒《さら》した。

物干し台は日光を直《じか》に受けている。そのしなやかな首筋を、夏の光を包み込んだような汗の玉がゆっくりとなぞり降りていく。

丸く滑《なめ》らかなスタイル、胸の輪郭、背中から腰へ向かって描かれるカーブ。美しく整っていた。健康的でも煽情的《せんじょうてき》でもある。人体の形が神にしか成し得ないデザインだと、その瞬間はよく分かった。

一瞬、見惚《みと》れた。

想像だけからは生まれてこない、女性という美の形があった。

「…………」

そのシルエットをなぞるように、自然と鉛筆が動いた。

網膜《もうまく》で捉《とら》えた曲線のラインを、指がスケッチブックの上に移していく。滑らかに、滑らかに。白い画用紙の上に黒い線が波打って、彼女の喉元を、唇を象《かたど》っていく。

己《おの》が目で見て感じたままに象るラインは、生きた美しさが宿るように思えた。その形が欠けていたパズルの穴にピタリとはまっていくような――。

「……？」

スケッチブックから顔を上げた時、物干し台にもう奈々瀬の姿はなかった。洗濯物だけが寂《さび》しげにはためいている。

思わず露伴は首を振って周囲を見渡した。スケッチはまだ途中。よもや小鳥のように飛び立ってしまったわけではないだろうに。

「――もしかして、探してるのは私？」

びくりとした。

その声は露伴の背後から聞こえてきたからだ。

「何？　あなた、のぞきしてるの？」

肩越しに振り返れば、奈々瀬の顔があった。

やましいことをしていたわけではない……とすぐに言い切れなかったのは、無断であったし、先日の脱衣所の出来事のせいもあった。それに彼女のスタイルに目を奪われていたことは確かだったのだ。

「あっ！」

「何これ？」

ロクな反応もできないうちに、奈々瀬は露伴のスケッチブックを取り上げた。

細い指で紙面を撫《な》でて、ぱらぱらとページをめくっていく。

「ちょっと！　あッ！」

取り戻そうと伸ばした露伴の手を、奈々瀬はひらりと躱《かわ》してしまう。

ページを進めれば描き溜めた絵が明滅するように現れる。鳥、木々、風景のスケッチ。

それに、まだこの世のどこにも存在しない〈少年〉のイラストレーション。

写実からはやや離れたタッチ。単なるデッサンとは異なるデフォルメされた絵。

それが何なのかは、奈々瀬にも分かった。

「これ、マンガでしょ？　あなた漫画描いてるの？」

「だから違うってッ！　誤解だ！」

やっとのことで露伴はスケッチブックを取り返した。

「いや……これは漫画だけど！　描いてるけど！　〈のぞき〉って言葉は違うッ！」

「でも、私をずっと見ていた……」

「…………うっ」

言葉に詰まる露伴を、奈々瀬はまっすぐに見つめた。

くっきりとラインの走る二重《ふたえ》の目蓋《まぶた》。その瞬《まばた》きの向こうから、濡れたオニキスのような黒い瞳が露伴を映している。

その深い黒の前においては、嘘をついたりはぐらかしたりとか、そういう行いをできる気がしなかった。

「それは……そう、だけど……」

しばしその視線に晒されているうち、露伴は諦《あきら》めた。断じて覗《のぞ》きをしていたわけではない。けれど真摯《しんし》に見つめてくるその瞳には後ろめたさを覚えてもいた。勝手にスケッチしてしまったことは確かだったからだ。

一つ息をついて、その場に座る。

やがて観念したように、露伴は口を開いた。

「この間、出版社の編集者に僕が描いた女の子がカワイくないって貶《けな》されたんだ」

語りだしたのは、普段ならば決して他人はおろか身内にも明かさないような、新人漫画家の悩み事だった。そこからは、ぽつぽつと言葉が零《こぼ》れていく。

「女の子のキャラがメインでもないし、カワイイ女の子なんて全然関係ないテーマの作品なのに……そいつ、巨乳キャラ出さなきゃ漫画は売れないと思い込んでるクソ編集者で」

「……」

奈々瀬が何を思ったのかは、その時の露伴には計り知れない。

ただ、奈々瀬はまるで寄り添うように露伴の近くへと腰を下ろした。じっくりと聞こうと思ったのだろうか。すぐ傍《そば》に感じる気配が露伴には落ち着かなかったけれど、どうにか話に集中する。

「ただまぁ、相手もプロだ……。指摘されたからには意見を受け入れる必要がある。ただ、頭で考えただけの、いかにもなキャラは出したくない。で——」

夏の日差しよりも、視線が熱かった。

奈々瀬はすぐ傍で、露伴を見つめていた。

「――つまり、あなたをデッサンして研究してた。無礼なことをしました……あなたに断りを入れなくて」

「あなた、漫画家なの？」

その質問に、一瞬だけ露伴は答え方を選んだ。

「まだ、違う」

「……」

「まだ売れてない。漫画家と名乗るほどには」

何を以《もっ》て漫画家とするのか。雑誌に掲載されればプロと名乗れるのか。定義は数多《あまた》あるのだろうが、その時の岸辺露伴にとってはそういう答えだった。胸を張って「僕は漫画家だ」と自己紹介できるような身分とは言えなかった。

そんな答えに奈々瀬はひとつ瞬きをして、「そう」と短く相槌《あいづち》を打つ。露伴の悩みは若さだけでなく、プライドの高さも感じさせたかもしれない。

だからか、奈々瀬は露伴に尋《たず》ねた。

「自信あるの？」

「一度も売れたことのない人間にする質問じゃあないと思うけど」

「……」

奈々瀬はスケッチブックに目を落とす。ページに描かれた幾つかのイラスト。その中の奈々瀬自身のスケッチ。創作物を目にして具体的な批評のできる人間は多くない。けれど奈々瀬はこう言った。

「私、絵も漫画も詳しくないけど、それ……何かいいわ……〈何か〉」

そうして奈々瀬は立ち上がり、去り際《ぎわ》にもう一言告げた。

「今度……あなたの作品、読んでみたいわ」

それを最後に、奈々瀬は庭から立ち去っていく。言いたいだけ言っての軽やかな去り際に、どこか小鳥の面影《おもかげ》が重なった。

「……」

その言葉を露伴は鼓膜の奥でリフレインさせる。「読んでみたい」……ああは言われたけれど本気ではないだろう、そう思った。同じ下宿で暮らす若者への社交辞令だとか現実的な理由は考えられたし、一言で舞い上がるほど露伴は楽天家ではなかった。

けれど漫画家という職業の現実と、編集者との摩擦《まさつ》にささくれだっていた胸には、爽《さわ》やかな言葉が染《し》み込んでいったのかもしれない。

物干し台に揺れる洗濯物と、数粒だけ散らばったままの小鳥の餌。耳の奥に残る声とスケッチブック。それに若かりし露伴自身。

庭に残っていたのは、そのくらいだった。


それから数日が過ぎただろうか。

ある夜、原稿の束を抱えて廊下を歩いていた露伴は奈々瀬に捕まった。

ただ気分転換にあちこち部屋を変えて作業していただけで、別に彼女に見せるつもりだったわけではない。そもそも「読んでみたい」なんて本気にしていなかったから驚いた。

ほとんど引きずり込まれるようにして、露伴は奈々瀬の部屋に招かれた。

先に原稿を取られてしまったから無視するわけにもいかない。けれど同じ屋根の下で暮らす身とはいえ、その頃の露伴には女性の部屋に入るのに緊張があった。少しばかり躊躇《ちゅうちょ》しながら鴨居を潜《くぐ》ったのを覚えている。

奈々瀬の部屋は意外なほどさっぱりとしていた。

暮らしている、という気配があまりない。

旅館であった時代の名残《なごり》で最低限の調度品があるばかりで、彼女自身の私物は少なくて、あまり露伴の想像通りではなかったのかもしれない。

腰を下ろして木製の座卓の傍《かたわ》らへ着くと、奈々瀬は原稿へ目を落とした。

明かりの電球は切れかけていて、時折チカチカと瞬《また》いている。ストロボのようでもある。明滅する光が奈々瀬の首筋を照らす。どこか古い映画にも似た光景を前に、露伴は畳の上に突っ立ったまま、振る舞い方を掴みかねていた。狭い部屋の中で身を落ち着けるスペースが見つからない。

夜の静けさが沁み込む部屋の中に二人きり。彼女の傍へと腰を下ろすほどの図々しさは、その頃の露伴にはなかった。

その場の何もかもを打ち切るように、露伴は奈々瀬から原稿を奪った。

「やっぱり、また今度にするよ……。もう遅いから」

逃げるようにそれだけ告げると露伴は奈々瀬に背を向ける。

その露伴の腕を、奈々瀬の手が掴んで引き留めた。華奢《きゃしゃ》な感触だった。

露伴を見上げながら、奈々瀬は言った。

「批評なんかするつもりはないわ。私にいいとか悪いとか……分かりっこないもの。ただ、あなたが一生懸命描いた絵を見たいだけ」

奈々瀬の声は先ほどより傍で聞こえた。

狭い一人部屋の壁に反響したから。いや、事実としてその時の奈々瀬は露伴のすぐ傍らにいた。手首に絡《から》む細い指から、その掌《てのひら》から奈々瀬の温度を感じた。

今までは近くて遠かった、この下宿で唯一の他人。

眩暈《めまい》と勘違いしてしまいそうな、電球の明かりが瞬いている。くらりと揺れる頭の中から言葉を探して、露伴は手短に答えた。

「……でも、まだ完成してないから。未完成のものは見せられない」

「そう？」

それでまた会話が途切れた。

部屋の中から言葉が消えて、代わりに気まずさが支配していく。耳に届くのは、「ジジジ」と今にも切れそうな電球の悲鳴と、奈々瀬と己の息遣《いきづか》い。

どのくらい黙っていただろうか。

手首を掴まれたままだから、逃げることもできなくて。

やがて――ふ、と辺りが暗くなった。

「っ！」

電球の寿命が尽きたのだとすぐに分かった。

暗闇に包まれた部屋の中で、露伴は目を凝《こ》らした。窓から滲《にじ》んでくる薄い月明かりを頼りにして部屋の中を探す。

隅の机にランプがあった。露伴も自分の部屋で書き物をするときに使っているものだ。明かりをつけようと思ったが、暗闇の中で伸びる奈々瀬の手が見えた。そういえばもう手首を摑まれている感触はない。

やがてランプがついた。

けれどその明かりは心もとなく、部屋の隅々までを照らせてはいない。壁際に残る暗闇は深くどこまでも続いているようで、明るい時よりも広く感じる。

ランプの明かりは、暗闇の中に奈々瀬の輪郭をくっきりと浮かばせていた。白い肌に、黒髪に、電球の下で見るよりずっと妖《あや》しい艶が宿っている。

彼女は部屋の隅に広がる闇の向こうを見つめていた。

その瞳の焦点《しょうてん》は、遥《はる》か遠くへ向いている。同じ部屋の中にいるのに、なぜだか今までで一番遠い場所にいる。そんな雰囲気が彼女を包んでいた。

「ねえ」

薄明かりの中で、不意に奈々瀬が口を開いた。

露伴の漫画とか電球切れのトラブルとかとは関係のない、まったく違う話なのだと声音で分かった。それまでよりもどこか、重苦しい口調に感じたから。

「この世で〈最も黒い絵〉って、知ってる？」

露伴は返事に詰まった。

そんなものは見たことも聞いたことも、考えたことだってなかったからだ。

漫画家としてデビューまで果たした身だ。若かりし頃であっても露伴には人並み以上に絵画の知識があった。それが〈最も美しい絵〉とかならば答えも選べる。例えばダ・ヴィンチの〈モナ・リザ〉であるとか。

ただ〈黒い絵〉というのならスペインの巨匠、ゴヤが晩年に創作した一連の作品をそう呼ぶという知識もある。暗い色彩が特徴的な作品群である。

けれど〈最も黒い絵〉となると見当もつかない。

単純な色としての明度や彩度の話なのか？　あるいは比喩《ひゆ》としての黒さなのか？

露伴は答えられなかった。沈黙でもって回答とした。

奈々瀬はその続きを口にする。

「光をまったく反射させない……見ることもできないほど黒い絵の具で描かれた絵……」

「見ることも？　だったら存在さえ分からないってことじゃあないか」

「そうね、でもあるのよ。最も黒く、〈最も邪悪な絵〉……」

「〈邪悪〉……?」

芸術に対して初めて聞く形容だった。上手《うま》い下手《へた》でなく、美しいと醜《みにく》いでもない〈邪悪〉という表現。絵にそんな見方があることさえ、それまで露伴は知らなかった。

「もう二百年……ううん、二百五十年も昔から……。描いたのは〈山村《やまむら》〉……〈仁左右衛《にざえ》門《もん》〉という絵師……」

不思議だった。声のトーン、もしくは纏っている雰囲気だろうか。

ともかく何かが、それまでの奈々瀬と違っていた。

二百年とか二百五十年とかそういう年月が出てくる割に、奈々瀬の語り口は本やテレビで見たことを話しているふうでもない生々しさがあった。

露伴はその語りにじっと耳を傾けていた。惹《ひ》き込まれていた。

彼女の語る言葉には間違いなく〈リアリティ〉があった。

「彼は〈黒〉にこだわってね。理想の顔料を見つけたのだけれど、それはとても大切なご神木からとれるもので……傷つけたら死罪は免《まぬか》れない。……それでも彼は、その〈黒〉を使って絵を描いて——」

壁を塗り潰《つぶ》す暗闇の向こうに、彼女は何を見ていたのか。同じ部屋の中にいるのに、彼女の瞳に映るものが分からない。

やがて彼女はこう結んだ。

「死んだ」

「……」

「それが……〈最も黒い絵〉」

ひんやりした風が通り抜けた。

〈死〉という言霊《ことだま》がそう感じさせたのかもしれない。部屋の中から失われた光が、それまで満ちていた熱を持っていってしまったのかもしれない。

露伴は気持ちの悪い涼しさを感じながらも、その話には興味を持った。死罪を顧《かえり》みずに理想の絵を描こうとする男には尊敬すべきところがあったからだ。それが作り話でないのならば一目見てみたいと思った。

「へえ……。それ、どこにあるの」

「ルーヴルに――」

「ルーヴルって、あのパリの？」

奈々瀬の視線が揺れる。

隅に置かれた鏡台にランプの光が映っている。奈々瀬はじっとそれを見つめている。

「光を反射する鏡は人を映すけど……〈絶対的な黒〉が映すものは何か……」

もう一度、奈々瀬の視線が動く。その眼がようやく露伴を映した。

薄明かりの中、瞳孔《どうこう》の開いた彼女の瞳はとても黒く見えた。

瞳孔とは文字通り〈孔《あな》〉だ。ぽっかりと奈々瀬の瞳に開いた孔の向こうから、黒が見つめてくる。彼女の髪と同じ。暗く深く、けれどこの世のどんな黒よりも輝くような黒。

その漆黒に、露伴は釘付けになっていた。

「決して見てはいけないし、触ってはいけない……」

「……」

「あなたは、似ている」

肝心な言葉の抜けた形容。

何のことを言っているのだか露伴には分からなかった。しかし続きを急《せ》かすようなことはしなかった。

ただ時の許す限り、影よりも闇夜よりも黒いその瞳を見つめていたかった。

けれどその時間は前触れもなく終わりを告げる。

「――ッ」

不意に奈々瀬がその手を放し、露伴から離れた。

何事かと思った。畳の上にはいつの間にか、小さな黒い蜘蛛《くも》が這《は》っていた。

「……ごめんなさい、もう帰って」

「え？」

「楽しかった」

そう言って奈々瀬は露伴に背を向けた。

一方的に始められたその逢瀬《おうせ》は、あまりに唐突な幕切れを迎えた。だが、背を向けた奈々瀬の手が震えているのに気づいて、露伴はそれ以上何も言えなかった。

露伴はゆっくりと立ち上がり、言葉を交わさぬまま部屋を出る。

扉を閉めようとしたその時、湿った声が聞こえた。

思わず露伴は振り返る。奈々瀬は背を向けたまま震えていた。噛み殺すような声と揺れる肩に、彼女が泣いているのだと分かった。

だが露伴を驚かせたのは、その泣き声ではなかった。

——あれは、何だ？

黒。

真っ黒い影がそこにいた。

それはランプの揺らめきなんかではなかった。部屋の陰影が生み出すシルエットなどでは、絶対になかった。そのように躍《おど》る闇の形を、露伴は知らなかった。

影自身が意思を持つように蠢《うごめ》いて、奈々瀬に纏わりついている。

起きたまま、邪悪な夢を見ているようだった。

「──何ッ⁉　また覗き見ッ⁉」

奈々瀬が振り返り、叫ぶ。

頬は涙で濡れていたが、その声にはハッキリとした拒絶が込められていた。

奈々瀬のことは気がかりだった。けれど彼女の剣幕を前にしては、それ以上踏み込んでいくことはできなかった。

やがて露伴は彼女の涙と、部屋の中にある異様な気配に蓋《ふた》をするように扉を閉めた。

「……」

どこかふわふわとした足取りのまま、片手に携《たずさ》えた原稿だけは落とさぬようにして廊下を歩いていく。感情の名前は分からない。ただ動揺と共に呆《ほう》けていた。

露伴が自室へ辿り着くころ、玄関のほうから物音が聞こえた。

カッ、カッ、と硬い響きが遠ざかっていく。

あれは、下駄の立てる足音だった。


去っていった足音は戻ってくることはなかった。

それから数日、露伴は奈々瀬の姿を見なかった。

少しだけ近づいた気がした奈々瀬という存在は、また遠いものになった。気まずさだけを残したまま、あの揺れる黒髪を視界の端に捉えることもできない日々を過ごした。

もともとは他人がいないことを期待してやってきた場所のはずなのに、溝《みぞ》のできたままの関係が落ち着かなかった。

思考がかき乱される。考えたくないと思っても、勝手に胸の中へと染み出してくる。苦しいのに、同時にかけがえのないことも分かる。矛盾《むじゅん》まみれの想いは日に日に露伴の中で育っていった。

以前ならば決してしない行動だっただろう。

ある日、露伴は思い立って彼女の部屋をノックした。

「……」

返事はない。

扉を開けて部屋の中へ入る。やはり奈々瀬の姿はなかった。そこで生活している様子も感じられなかった。

分かりきっていたはずのことだ。

露伴は自室へと戻り、原稿の続きにペンを走らせる。露伴の漫画には新たなキャラクターが増え、執筆作業は以前よりも進んでいた。

けれどその行動もどこか虚《むな》しさがあったことは否《いな》めない。

原稿用紙の上に、ベタで何度も黒を重ねていく。目の前にはないモチーフを模して漫画の中へと描いていく。

女性の絵。それも、深く艶やかな黒髪の。

不意に、下駄の音が聞こえた。

「――ッ！」

原稿も放り出して、露伴は立ち上がった。

玄関へと駆けだしながら、自分が漫画に集中できていないことを悟った。それでも廊下を蹴る足は止められない。

しかし靴を履《は》くのもそこそこに玄関へ着くと、そこには祖母の姿があった。下駄をカッカッと鳴らしていたのも祖母だったのだ。

「……チッ」

露伴は舌打ちを隠しもしなかったが、相手は自分の祖母だ。

トレードマークのサングラスで目元を隠していても飄々《ひょうひょう》とした人柄が滲《にじ》む。その頃の露伴に初々しさがあったとすれば、祖母は逆に数十年もの齢《よわい》を重ねてきた海千山千の人物だ。孫の嫌味な態度など効きはしない。意に介さないで自分の話を始めてしまう。

「困ったよ……蔵の整理頼んでた山猫堂《やまねこどう》の川鳥《かわとり》さん、急にいなくなっちゃって……買い手は決まってたはずなんだけどね」

「だったら取りに来るよ」

心底どうでもいい話で、露伴はそんな適当な答えを返す。

祖母はぶっきらぼうな返事も気にかけず「そうかねェ」とか呟《つぶや》いていたが、露伴は既《すで》に祖母から視線を外して、奈々瀬の部屋の窓を見上げていた。

主《あるじ》のいない部屋は窓すらも寂しげに見える。もしかしたら寂しいのは、自分のほうだったのかもしれない。

あれから何日経《た》ったか。何日すれば彼女は帰ってくるだろうか。

この下宿で待ち続ければ再び彼女に会えるのだろうか。

答えをくれるものは何もない。

回る時計の針も流れる雲も、露伴の苦悩には無関心だった。

残酷なほどに規則正しく、太陽は沈み夜が訪れる。夏の夕日は炎にも似て空を赤く染め、やがて夜空が一面を黒く覆う。

けれど夜更《よふ》けに見上げる空の闇すら、露伴が見た黒よりは遥かに淡かった。あの美しさを思えば煌《きら》めく天の川の輝きだって、闇の黒さを損《そこ》なっているとすら思えた。

露伴の望む黒は見られぬまま、また日が昇り朝が来て、陽光が大地を乾かしていく。

その渇望《かつぼう》を埋めるように、白い原稿がインクの黒に染まっていく。

——ただ、あなたが一生懸命描いた絵を見たいだけ。

あの言葉を忘れられない。忘れられないから、無心で描いたのかもしれない。

彼女にいったい何が起こっているのか。どんな問題を抱えているのか。

原稿を描いていても、露伴はずっと奈々瀬のことを考え続けていた。自分なんかが心配しても仕方がないことだと分かっていて、やめようと思ってもできなかった。

ずっとずっと描き続けるしか……それしかなかった。彼女が残した苦しみと共に、露伴は漫画を描き続けた。

そんな日々が一週間ほど続いたある日。

決定的なことが訪れた。

その日は、雨がシトシトと土を濡らしていた。雨音に混じり、原稿をひっかくペン先の立てる音が鳴る。ふとその中に足音が割り込んできた気がした。

最初は気にしなかった。頭の片隅に食い込んだままの、彼女の記憶が鳴らした空耳だと思った。あるいは祖母が雨どいの様子でも見に出たか。

違うと気づいたのは、二階のほうで窓の開く音がしたからだ。

「……」

――まさか。

露伴は原稿を描く手を止めた。

扉を開けて廊下へ身を乗り出し、玄関のほうを覗き込む。そこには明らかに祖母のものではない、女物の靴が置いてあった。

急に霧《きり》が晴れたようだった。

気づけば、露伴の手は机の上の原稿をかき集めていた。心臓が高鳴るたびに勝手に動く足が畳を蹴り、奈々瀬の部屋へと向かった。

数日の間に積もった鬱屈《うっくつ》したものに急に火がついて、弾《はじ》けそうだった。ほとんど駆け込むような勢いで彼女の部屋へ辿り着く。

「……いるの?」

返事が来るのも待てずに、露伴は扉を開けた。そして――。

「――露伴くんッ」

途端、温かな存在が露伴の胸に飛び込んできた。

思わず受け止めた腕の中に、黒髪が振り乱れている。褪《あ》せた畳の色の上に、艶やかな黒がはっきりと存在する。

都合のいい夢でも陽炎《かげろう》の見間違いでもない。胸に預けられた体の重みが、彼女のリアリティを伝えている。

奈々瀬だ。間違いなく彼女だった。

近くて遠かった存在は、今、信じられないほど近くにいる。

そのまま、露伴は奈々瀬に押されるようにして畳の上へ転んだ。持ってきていた原稿がバラリと散らばっても、露伴の腕は奈々瀬を放さなかった。

かつては離れた場所から覗いた彼女の横顔が、間近で露伴の胸板を押していた。それは柔らかく、そして濡れていた。

窓から吹き込んだ雨ではない。彼女はまた泣いていた。

なぜ泣くのか。何に対して涙を流すのか。誰のために悲しんでいるのか。そのどれだって露伴には分からなかった。

けれど、彼女を抱きしめた腕は放せなかった。

深く透き通った黒い瞳が、頰を伝うその無防備な涙が、今まで見たどんなものよりも美しかった。深く青い海よりも、月夜に煌めく清流の湧き水よりも。

彼女のためになりたい。本気でそう想った。

彼女を泣かせる何かがあるのならば、それを分かち合いたい。

「──あなたの力になりたい」

自然と露伴の唇が動いた。

切なくて苦しくて、締め付けられる胸の奥から言葉が溢《あふ》れて零れ落ちた。

「全ての恐れから……あなたを守ってあげたい」

岸辺露伴という存在の全てを以《もっ》て。その特別な〈ギフト〉にかけても。

露伴は奈々瀬の涙を拭《ぬぐ》うように指を滑らせる。ピシ、とその頰に筋が入って彼女のページが開いていく。

〈ヘブンズ・ドアー〉。

露伴だけが持つ、心の扉を覗く鍵。彼女の抱える悲しみも闇も、露伴ならば本にして読むことができる。あるいは彼女を悩ますものが彼女の内にあるのなら、それを消すことも塗り潰すことだって、できるはずだ。

他の誰もが不可能だとしても、露伴ならばその心の底に触れられる。

「……」

でも、できなかった。

彼女の心の中を本にして読むことは、露伴にはできなかった。その美しい涙の湧き出す水面《みなも》に、土足で踏み込むような真似はしたくなかった。

ヘブンズ・ドアーが止まり、奈々瀬は意識を失うことはなかった。

開いたままの窓の外は、まだ雨が降り続いている。露伴の零した赤裸々な言葉も、彼女の泣き声も等しく包み隠すように。

露伴は彼女をただ抱きすくめていた。触れ合った熱と重みを確かめるその一秒が、一分にも一時間にも思えた。

しかし現実として、それは短く儚《はかな》い出来事だったに違いない。

不意に、床の上を撫でた奈々瀬の手が紙の乾いた感触を捉えた。

彼女は床に散らばったままの原稿を手繰《たぐ》り、その瞳を向けた。枠線に区切られた世界の中には黒髪の女性が描かれていた。

「これ……」

気づき、露伴は答えた。

「……前に見せるって約束していた、漫画の原稿」

「これ、私？　この女性……私なの？」

奈々瀬はじっと原稿を見つめていた。

それはあの日、奈々瀬の部屋に招かれた夜にはできなかったこと。

自分の描いた原稿をようやく奈々瀬に見せることができた。露伴にとってはそれで全てだった。

しかし同時に、その原稿が未完成であることも思い出した。奈々瀬が帰ってきた驚きに我を忘れて、掻き集めるようにして束ねてきたものだ。

「まだ納得できるものにはなっていない、けど……どうしても、あなたが言っていたような〈黒〉には――」

その時の奈々瀬の顔を、露伴はきっと忘れない。

次第に険《けわ》しく強張《こわば》っていく目元。その理由も意味も察せなかった。ヘブンズ・ドアーで開かれなかった彼女の心が、その時までは読めなかった。

奈々瀬は叩き付けるように原稿を放り出した。

彼女の声は怒気を孕《はら》んでいた。

「あなた……何やってるの？　私を描くなんて……重くてくだらなすぎるッ！　すごくくだらなくて安っぽい行為ッ！」

「……え……？」

鼓膜に響いた言葉を処理できなくて、露伴の脳は固まった。

痺《しび》れた思考で見る景色の中で、奈々瀬の行動はあっという間だった。彼女は迷わずに鏡台へ手を伸ばすと、一挺《いっちょう》の鋏《はさみ》を握りしめた。

そして――、

「こんなものッ！　こんなものッ！　どうしてこんなものをッ！」

彼女は鋏の刃を、原稿へと振り下ろした。

何度も、何度も、何度も。紙の上に描かれた黒髪が千々に裂けていく。描き手の込めた思いと、そのささやかな憧《あこが》れまでもいっぺんに切り刻むように。

「……こんな……ッ！」

やがて奈々瀬は、自分自身の激情に耐えきれなくなったかのように突っ伏した。詰まった言葉が途切れて、開いた窓から雨の音だけが響いてくる。

強くなっていく雨足の響きがガンガンと露伴の頭を揺らす。

思考はまったくの空白だった。言葉なんて何一つ出てこなかった。

ただ原稿が、漫画に描いた黒髪が切り裂かれるたびに、鋭い痛みが胸を突き刺すようだった。

かけられる言葉なんて何もなかった。

やがて露伴の混乱が収まるのも待たず、奈々瀬は体を起こした。

「露伴くん。私……ごめんなさい。……本当に──」

そこからは何も聞こえなかった。

雨の音しか聞こえなかった。

けれど奈々瀬は待ってはくれなかった。彼女は部屋から出ていった。去り際に流れてゆく黒髪が残像のように焼き付いている。

何か言おうとしたけれど、何も言葉が出なかった。

いつだって同じだ。廊下ですれ違ったあの夕方も、隣で言葉を交わしたあの朝も、黒い絵の話を聞いたあの夜も。彼女はいつだって小鳥みたいに、目で追う頃には手の届かないどこかへ飛び立ってしまう。

そしてそれが最後だった。

彼女は二度と戻らなかった。

「奈々瀬？　さぁね、いたかねェ」

相変わらずラジオを聞いている祖母に尋ねても、行き先どころか要領すら得なかった。視力の衰《おとろ》えと比例するように、記憶も怪《あや》しくなっている祖母では話にならなかったが、彼女のほうは勝手に話したいことだけ話してくる。

「それより、蔵の中にいくつかあった絵……あれね、買い手が来ることになったから相手頼むよ。何か外国の人だってさ」

露伴はため息をついた。

こっちの感情とか事情とかそういうのは、この人にはお構いなしだ。記憶が怪しくなっているというより、単純に人に興味がないのかもしれないとすら思えた。

——それにしたって、いつも飽きずに何のラジオを聞いているんだか。

部屋の外から耳を傾けてみると、どうやらニュース番組らしかった。

昨夜未明、匂当台《こうとうだい》の廃車置き場で発見された遺体が——とか。なるほど、目が悪いから新聞やテレビではニュースを見られないわけだ。

納得すると、露伴はとっととその場を後にした。

遠ざかっていく祖母の部屋で、ラジオは淡々とニュースを読み上げていた。

昨夜未明。匂当台の廃車置き場。

発見された遺体はつつじヶ丘で古物商を営む川鳥義男《よしお》さん。

死因は溺死《できし》。周囲に水場はなく、警察は引き続き詳しい調査を……。


絵の買い手として現れたゴーシェという男はどうやらフランス人らしかった。

話す言葉からもそれが分かったが、宮沢賢治《みやざわけんじ》の童話の主人公と似た名前であったことも手伝った。確かあの名はフランス語で〈左〉とか〈不器用〉という意味だった。

相手をしろと言われても、露伴のやることといえば梱包《こんぽう》された絵を手渡すことくらいだったから、やりとりはすぐに済んだ。

「これですか。もう包んであって中身分かりませんけど」

ゴーシェは包みの隙間《すきま》から微《かす》かにその中身を覗く。

フランス語での回答があった。「ありがとう」の意味を持つ言葉が聞こえたから、どうやら渡したものは間違ってはいなかったらしい。

短い挨拶《あいさつ》を最後にして、ゴーシェは去っていった。

玄関脇を見てみれば、他にも家財道具がアレコレと置かれていた。どれも買い手が付けば引き取らせるつもりのものだろう。

露伴の祖母は物に執着がなかったのか、旅館を畳んだ際に始めた持ち物の処分を、下宿を営むようになってからも進めていた。後から考えれば、いわゆる終活だったのかもしれない。

必要とされれば誰かが貰《もら》っていくとはいえ、この下宿ではもはや用を成さない物たちはどこか魂が抜けたように、枯れて見えた。

ふと、その中にひとつ見慣れた物を見つけた。

間違えようもない。それは奈々瀬の部屋の鏡台だった。

「……」

露伴は自室に戻らず、奈々瀬の部屋へと向かった。

もともと私物のない、生活感の乏《とぼ》しい部屋だった。だけどこの少しの間で、彼女の暮らした日々の跡は、残り香《が》すらもなくなっていた。

夏の終わり。

その時、奈々瀬が去ったという現実を露伴は受け入れた。

それからほどなくして、露伴も祖母の下宿を出た。その頃には露伴自身「奈々瀬は本当に存在したのか？」と思うことさえあった。夏の日差しが見せた白昼夢、あるいは漫画と向き合う日々の合間に見た幻想だったのか。

やがて露伴は新たに描いた作品を世に問うて漫画家として歩みだし、仕事に夢中になっていった。日々は充実し、季節は目まぐるしく移り変わっていった。

胸を濡らした涙の輝きも、抱きしめた体の熱も。

夏の陽炎のように、全てが薄れていった。


——そして今、岸辺露伴は胸を張れる漫画家となった。

連載を抱え、己の仕事場を構え、充実した日々の中にいる。

あれから何度も夏を過ぎた。

漫画家としてのいくつもの経験、充実した日々を積み重ねるうちに、祖母の家で過ごしたことは胸の奥へ。押し入れの小箪笥《こだんす》へしまった古い手帖《てちょう》のように眠っていた。

「…………」

ならばなぜ、今になって彼女のことを思い出したのか。

なぜ今になって黒い絵と関わることになったのか。まだ分からないことだらけだ。

郷愁《きょうしゅう》か、それとも青春の慕情《ぼじょう》なのか。今は判然としない。

もしかしたら、ただの好奇心かもしれない。

だが行く必要がある。

あの夏にその名を聞いた場所、ルーヴルへ。

三章

——芸術は慰《なぐさ》みの遊びではない。それは戦いであり、物事を嚙み潰《つぶ》す歯車である。

ジャン＝フランソワ・ミレー（1814〜1875）

エマ・野口《のぐち》の顔色はいいとは言えなかった。

体調が悪いわけではない。ただ心ここに在《あ》らずというのか、近頃のエマはいつもどこかぼんやりしていた。デスクにかけている時の彼女は俯《うつむ》いていることが多くなったし、以前ならばしなかったイージーなミスが目立つようになった。

それでもエマはルーヴル美術館職員として重ねた経験があり、流暢《りゅうちょう》なフランス語を話すことができ、かつ日本語という世界有数の難解言語の通訳ができる人材であったから、上司であるジャック・ブランは未《いま》だに彼女を重宝していた。

けれど近頃の彼女に不安があるのも確かで、この時もジャックはエマに振った仕事の予定日が本日であることを、彼女が失念していないか確認しに来たのだった。

『エマ。先週頼んだ日本人のアテンド……今日のはずだが、忘れてないよな』

『あ……』

気の抜けた返事を聞いて、ジャックは少々眉間《みけん》にしわを寄せた。

腕時計を確認してから身支度《みじたく》を始めるエマの様子は、どう見ても予定を忘れていたとしか思えない。不安は的中してしまったようだ。

『そうだ、彼らから事前に質問が……』

呟《つぶや》きながらメールチェックをするエマを見て、ジャックはもどかしさを覚えた。

クライアントである日本人と落ち合う時刻まであまり余裕はない。もう迎えに出立しなければならない頃なのに、これから回答をまとめていたのでは悠長《ゆうちょう》すぎる。

それが分からないエマではなかっただろうに。メールを開こうとする彼女の行動を遮《さえぎ》って、ジャックは口を挟む。

『私が調べておく』

『ありがとう。メール転送します』

『エマ。相手はフランスでも有名な漫画家なんだ。頼むよ……下手《へた》な人間には任せられないから、君に頼むんだ』

『ええ……大丈夫です』

『……本当か？』

『もちろん、それじゃあ……』

これほど不安な〈大丈夫〉や〈もちろん〉もないだろう。去っていくエマの姿に、ジャックはやるせない様子でため息をついた。

近頃の彼女が抜け殻《がら》のようであるのには事情がある。

彼女は優秀な人間には違いない。歴史あるルーヴル美術館の職員としての仕事を通じて、調子を取り戻してくれればと思ったが、やはり職場に復帰させるのは時期尚早《しょうそう》だったのかもしれない。ジャックはそう考えざるを得なかった。

ほどなくしてメールの着信があった。エマがクライアントである日本人からのメールを転送したのだ。翻訳ツールを使ったような文体ではなくて、フランス語の堪能《たんのう》な人間が書いたことが分かる。それでもジャックはエマに仕事を与えたのだ。

彼女がそれを完遂《かんすい》してくれることを願いながら、ジャックはメールを開いた。

『……以下の画家と絵について……〈モリス・ルグラン〉、〈ヤマムラ・ニザエモン〉?』

『ニザエモン?　なにそれ』

『日本の画家らしい』

隣のデスクから同僚のマリィが覗《のぞ》き込んできて、ジャックはそう答えた。ジャックからしても聞き慣れない響きの名前だ、無理もあるまい。

すぐにジャックはパソコンで〈ヤマムラ・ニザエモン〉の検索を始めた。

とはいえ、日本人画家の作品を管理しているのはルーヴルの東洋美術部門を担《にな》うギメ東洋美術館だ。ルーヴルでも特別展示に日本人の作品が公開されることはあるが、それならば聞き慣れない日本人画家の古風な名前をジャックが忘れるわけもない。

ある例外を除けば、検索をかけるまでもなくリストに該当《がいとう》はないはずだ。だからといって確認を怠《おこた》るようないい加減な仕事はできない。そういう矜持《きょうじ》もある。

しかしそれとは別に、ジャックは何か頭の隅に引っ掛かるような感覚に衝《つ》き動かされてもいた。

『……〈ニザエモン〉……聞いたことがあるな』

「先生、先生！　一枚♡」

「泉《いずみ》くん、僕は観光に来たんじゃあないんだぞ」

二階建てバスの座席でカメラを向けてきた京香《きょうか》に、露伴《ろはん》は「言っても無駄だろうが」とは思いつつも窘《たしな》めた。

予想していたことではあるが、パリに着いてからの京香はテンションが高い。

もちろん海外取材において代表的な名所、名物を見て回ることはかけがえのない経験資料ではある。象徴的な交通機関である二階建てバスで移動するってのもいい。しかしそれにしたってハシャぎすぎってものだ。

そんなわけで露伴は空港から、いや、飛行機の機内からここまで何度か京香に冷や水を浴びせてはいるのだが〈蛙《かえる》の面《つら》に水〉ということわざの意味を実感するばかりだった。

「こういうのが大事なんですよォ～～！　パリの取材日記とか絶対アクセス数伸びて宣伝になりますよォ」

編集者として仕事熱心と言えないこともない。

露伴はＳＮＳで積極的に発信するタイプの作家でもなく、宣伝は編集部に任せているのだから強く拒否するでもなかった。疲れたら無視するだけだ。

『ねぇ』

そんなやりとりをしていると、後ろの席からフランス語が聞こえてきた。

振り向けば品のよい老婦人が露伴のほうを向いている。

『シャンゼリゼ通りはどこかしら』

『ここがそうですよ』

「はー、フランス語もペラペラかあ～～。何でもできるなあー！」

自然な発音のフランス語で応対する露伴と、その様子を遠慮なくパシャパシャ撮影してくる京香。杜王町《もりおうちょう》から九五〇〇キロメートル足を延ばしてもやることは変わらないものだ。

やがて二階建てバスがエッフェル塔最寄《もよ》りの停留所に到着すると、降りてきた露伴をルーヴル美術館の職員、エマ・野口が出迎えた。

「はじめまして。ルーヴル美術館メディエーション部の野口です」

名前通り日系であることが一目で分かる顔立ちのエマは、少々イントネーションにフランス語のクセが混じるものの、自然な日本語でコミュニケーションがとれた。

ただ、顔立ちも整った美人であったが、どこか印象に陰がある。

「はじめまして。こちらが漫画家の岸辺《きしべ》露伴先生で、私は担当編集の泉京香です」

「よろしく」

相変わらず社会人として振る舞う時は礼儀正しい京香に続き、露伴も簡単に挨拶《あいさつ》を済ませる。エマもまた、それに簡単な会釈《えしゃく》で応《こた》えた。「車、こちらです」と促《うなが》して歩きだしたエマに、京香は重ねて謝辞を述べる。

「お忙しいところ、取材にご協力いただいてありがとうございます。わざわざお迎えまで……」

「いえ、ルーヴルの魅力を伝えるのが私たちの仕事ですから……」

エマの応対は礼儀正しいが、どこかあっさりしたものだった。

京香の丁寧《ていねい》さのほうが日本人的な独特のものなのだろう。しかしエマの立ち振る舞いや歩き姿からは、何か疲れのようなものが滲《にじ》み出ているように見える。

もっともそれは、パリの街の華やかな雰囲気とのコントラストで際立《きわだ》っていたのかもしれない。

パリの、特にエッフェル塔周辺の空は広い。

青空から届く太陽の恵みは、それを受けてそびえるエッフェル塔以外には遮《さえぎ》られずにセーヌ川へと降り注ぎ、石造りの道と街路樹の緑は、人の歴史と自然とを見事に調和させている。

首を振ってみれば、どこの視界を切り取っても一枚の絵画になりそうなその広場をパリ市民が行きかい、日本人がパリに抱くイメージシンボルの一つであるバスも盛んに人々を運んでくる。

「たゆたえども沈まず」とはパリ市の標語だが、その言葉は水運の文化と共に度重《たびかさ》なる戦乱や革命を潜《くぐ》り抜けて今日《こんにち》に至るパリの、強さと美しさを表している。

日本人がこの街を〈花の都〉と呼ぶに足るものが、パリの日常には溢《あふ》れている。

そのような街の日差しの下を楽しげに歩く親子などは、まさに日本人の思い描くパリの華やかさの象徴で、京香は思わず目を奪われた。

「わあ〜〜かわいい〜〜！　パリは子供もおしゃれですね」

「そうですか？」

それを見もせずに答えるエマの言葉は素《そ》っ気《け》ないものだったが、気にする京香ではない。

露伴で慣れに慣れている。

「なんか着こなしがさりげないのにオシャレですもん！　実は私、子供の頃からずーーっとパリに来たいと思ってたんですよォ。エマさんは、ずっとパリ暮らしですか？」

「ええ」

「パリジェンヌですねェ〜ッ！」

エマは薄い笑顔で返し、その話題にはそれ以上乗ってこなかった。

「……お泊まりのホテルよりルーヴルのほうが近いですけど、どうされますか？　先にチェックインされます？」

「あ、じゃあ――」

「ルーヴルで」

遮《さえぎ》って露伴が答える。京香は抗議の目を向けた。

「えッ、ずっと飛行機だったんですよォ？　着替えたいです……」

「日程は限られてるんだからな、先に取材だ」

「ムゥ」

唸《うな》ってはみるが、京香はそれ以上食い下がらない。

作家が取材第一と言えば従うところが編集者だ。露伴たちはさっそく、エマにルーヴル美術館の案内を頼むことにした。


エッフェル塔周辺からルーヴル美術館へは公共交通機関でだいたい十五分。

コンコルド広場やチュイルリー庭園を越えていくと、日本人が思い描く〈凱旋門《がいせんもん》〉の半分くらいの大きさであるカルーゼル凱旋門、そして有名なガラス張りのルーヴル・ピラミッドが出迎える。凱旋門からは地下ショッピングエリアに繋がり、ピラミッド側が中央入り口となっている。

このルーヴル・ピラミッド建築当時は「このような近未来的なデザインは歴史あるルーヴル宮殿に似合わない」と波紋を呼んだというが、実際に目にすれば杞憂《きゆう》だったと言いたくなる。未来と歴史とが絶妙な調和の中にある。

そのピラミッドを前にキョロキョロと辺りを見回しながらカメラを向けまくる京香はといえば、〈ミーハー観光客〉という題で展示されてもおかしくない様子だった。

「うわ――、思ってた以上に大きいし広いですねぇ～～！　確か、全部回るのに数日かかるとか」

「ええ、まあ……ですから効率よく取材されたほうがいいです」

そういう京香は放っておいて、露伴は既《すで》に目を凝《こ》らしてルーヴル美術館という場所そのものを興味深く眺めていた。

「バックヤードも見られるといいんだが」

「ええ、ご案内するように言われてます」

「それはありがたいな……」

「すいません、写真撮ってもらってもいいですか？　このピラミッド、バックに」

「……ええ」

ずいずいとスマホを押し付けてから、しっかりポージングしてエマに写真を撮ってもらう京香。これから先ずっとこの調子かもしれない。

いちいち気にしていても仕方がないので、露伴は別に咎《とが》めることもなくさっさと入り口へと向かっていく。

そしてエスカレーターに乗っている途中で、フランス人の若者二人に声をかけられた。

『あれェ――、あんたもしかして岸辺露伴？　そうだ、岸辺露伴だッ！』

『スゲ――本物だッ！　サインください、サインッ！』

「あー、あのー」

京香がサッと割って入り、若者たちを制しようとする。しかし文字を読むのと会話するのとは違うし、相手は砕けた言葉を使う若者だ。受け答えには難儀したようだ。

『ごめんなさい、えー、今、露伴先生はあ、あー……』

やれやれ。そういう態度で露伴は会話を引き継いだ。

『君たち、漫画ファン？』

『ウィ～～ッス』

『あのなぁ～……なんだその恰好《かっこう》は。ここは先人の作品の眠る場所だ。敬意を払え』

取り出したペンで指すようにしつつ、露伴は流暢なフランス語で若者たちを窘める。

見るからに「場違いです」と顔に書いてあるような連中だ。歴史あるルーヴルを訪れるのにしてはタイの一つも締めず、彼らは態度も服装もウエストコースト辺りでスケボーでもしているのがお似合いといった有様だった。

そこへ京香が再び間に入って、どうにかこうにかフランス語を紡《つむ》ぐ。

『えーっと、露伴先生は今仕事中です。サインできません、ごめんなさい』

『えーサインは？』

『サイン』

『もうしたよ、ありがとう』

『エッ』

と、見ればとっくに若者たちの服やバッグには露伴のサインが施《ほどこ》してあった。インクを飛ばすドリッピング画法。仕事が速ければサインも速いのだ。

何せこういうノリのファンなど杜王町にもごまんといるので慣れている。だいたい、礼儀が悪かろうと露伴の作品のファンであることには変わりない。サインくらいスペシャルサンクスってものだ。

『ウォオーーースゲェッ！』

『アザーッス！』

「はあ～い、どうもねー」

上機嫌の若者たちに、もう最後は日本語で別れを告げる京香。国は違えど、こういうやりとりは日本にいる時とあまり変わらないものだ。

そんないつも通りの一幕を黙って見守っていたエマが「もういいですか」と声をかけた

あたりで、やっと露伴たちはルーヴルの取材に入ることができた。


広大なルーヴル美術館に有名なスポットは幾つもある。

まず露伴たちは〈アポロン・ギャラリー〉へと案内された。ギリシア神話における芸術神の名を持つその通路は、まさに神のギャラリーと呼べる。

印象派の出現まで、絵画のメジャーなモチーフといえば神話であった。

カレやデュラモーといった巨匠たちの描いた神話の情景が、壁はもちろん天井にまで展示され、それらを宮廷建築の豪奢《ごうしゃ》な壁や柱全てが画枠となって飾りたてている。

たとえ芸術への深い造詣《ぞうけい》がなかろうと、足を踏み入れた人間はまるで自分自身が芸術作品の腹の中に飲み込まれたような錯覚に陥《おちい》るものだ。京香もまた、理屈を突き抜けて襲い掛かってくる怒濤《どとう》の美に見惚《みほ》れていた。

「すごいですね……美術品だけじゃあなくて建物も。圧倒されるっていうか……」

「もとは中世の要塞で、王宮としても七百年近い歴史がありますから」

淡々と語るエマのガイドに誘《いざな》われて、次に露伴たちは展示室へと向かう。

多くの日本人が「名画といえば」と問われて第一に思い浮かべるダヴィンチのモナ・リザが展示されているのは、ピラミッドから向かって右側〈ドュノン翼《よく》〉と呼ばれるエリアの一室。

他にも展示されている絵画はあるが間違いなくモナ・リザは別格で、壁の一面を使って真ん中に堂々と掲《かか》げられている。まさに肖像画の女王といった佇《たたず》まいだ。

見物客も賑《にぎ》わっていて、写真を撮る人々の中に交じって、イーゼルを立てて〈模写〉を行っている人間までいる。日本の美術館ではまず見ない光景を、権威あるルーヴル美術館で目にした京香は面食らってエマへ尋《たず》ねる。

「……ああいうのもOKなんですね？」

「ええ、ルーヴルでは古くから文化芸術の発展に力を入れていて、〈模写〉も芸術教育の一環として受け入れているんです。もちろん厳しいルールはありますが、模写専門の画家も……──ああ、そういえばご質問のあった件」

「はいっ！」

半ば純粋なルーヴル見学になりかけていたところ、話がこのたびの本題に移った。露伴も視線をエマへと向ける。

「まず、モリス・ルグランさんですが……彼ならよく、あんなふうに〈模写〉をしてました」

「〈模写〉……」

呟《つぶや》いた露伴に、京香も続く。

「そっか。モリスさんが〈ルーヴルで見た〉っていうのは、ルーヴルで〈模写した〉ってことですかね。……あの〈黒い絵〉のことですけど」

「あれは彼のオリジナルだと思います。亡くなった後、ご遺族が全部処分されたみたいですね」

首をかしげるエマに、露伴はさらに質問する。

「実は……彼が見たのは、質問したもう一人の画家、〈山村仁左右衛門《やまむらにざえもん》〉の絵じゃあないかと思ったんだが」

「ああ、それは今調べてもらってますが、でも――」

「――ルーヴルに日本画はない、い、い、い、い、い」

当然、露伴もそれを知っていた。

「え、そうなんですか」

「ああ」

知らなかったのは京香だけである。

第一、岸辺露伴が取材しているのだ。現地へ赴《おもむ》く前に日本で検索できる範囲のルーヴル収蔵の作品については、先んじて調べてあるに決まっている。

「ただ……それでもだ」

現地に来なければ確認できないことはある。

歴史あるルーヴル美術館の膨大《ぼうだい》な収蔵品、遠く離れた日本で「ない」と諦《あきら》めるのは簡単なことだ。だが資料やインターネットは全てを語るものではない。

ゆえに露伴は遥々《はるばる》パリへとやってきたのだ。

そしてその行動力、真実を求める姿勢が一縷《いちる》の望みを繋いだと言える。

「確かに〈可能性〉はあります」

エマの答えに、露伴と京香は揃《そろ》って彼女を見た。

「ルーヴルの収蔵品を、新しく作った保管センターに移動させるプロジェクトはご存じですか?」

「聞いたことはある。セーヌ川の水害から守るためとか……」

「数年前から始まったんですが、その作業中に〈地下倉庫〉に眠っていた美術品が千点以上も発見されたんです」

「……スゴいな」

「そんなこと、あるんですか？」

さすがにこの件に関しては、京香だけでなく露伴も驚きを隠せなかった。

それが本当だとすれば、美術史においても大事件だったろう。何せルーヴル美術館に収蔵されるような画家たちの作品の中から、今まで日の目に当たらなかったものが大量に溢れ出たわけだ。

「二十世紀の初めに寄贈されたコレクションなんですが……戦争で記録が消失してしまったんですね。とにかくかなり貴重なコレクションで、その中に東洋美術も百点以上あることが分かったんです」

露伴には多少ピンとくるものがあった。

ルーヴル美術館へのコレクション寄贈においては「決して収集品を分散させないこと」を条件に行われたものもあるという。それに二十世紀の前半までは、ルーヴル美術館には〈東洋美術部門〉が存在したというのだ。その時点で寄贈されたものであれば、日本画が含まれていてもおかしくはない。

その話を聞いて、京香もやや声を弾《はず》ませる。

「もしかして、その中に……！」

「コレクションの調査メンバーに東洋美術の専門家がいらっしゃるので、後で聞いてみるつもりです……こちらへどうぞ」

そこまで言って、話は一度切り上げられた。つまりは調査中で、今この場ではまだはっきりした答えが出せないということだろう。

露伴たちは改めて、ルーヴル美術館の見学を再開した。

その時点ではまだ、露伴たちは、あのような事件が起こることを想像してはいなかった。


彫像展示室に足を踏み入れた時、京香は思わず声を上げた。

ルーヴル美術館に展示されている彫像といえば、サモトラケのニケやミロのヴィーナスといった教科書に載《の》っているような有名作品だが、それらは実物を目にした時の迫力が絵画以上に大きい。

すっかり観光のスイッチが入っている京香を尻目に、露伴は画帖《がちょう》を手にスケッチを行っていた。

もっとも、何か特定の作品を描くのではない。どちらかといえば露伴の目が捉《とら》えているのは、そのルーヴル美術館という場所そのものだった。

『――日本人は素描《そびょう》をするのが速い。非常に速い』

不意に声をかけられたのは、そんな時だった。

『まるで稲妻のようだ。それは神経が細かく、感覚が素直なためだ』

フランス語だったが、声をかけてきた男は明らかに日本人だった。

細い銀縁《ぎんぶち》の眼鏡にジャケットを羽織ったその男の佇まいには、どことなく尊大さとも侮《あなど》りともとれる態度が漂っている。その印象からすれば、そのフランス語が会話を求めての言葉ではないこともすぐに理解ができた。

事実、それは知識を振りかざすような引用文だ。男はうわべだけは紳士的に、露伴への挨拶を日本語に切り替えた。

「……ゴッホが弟のテオに宛てた手紙です。まるであなたのことみたいじゃあないですか。岸辺露伴先生？」

「辰巳《たつみ》さん」

歩み寄ってきたのはエマだ。

ということは、彼はルーヴルの職員なのだろうと露伴も理解する。

『やあエマ。日本のＶＩＰを案内していると聞いてね』

「露伴先生、泉さん、こちら辰巳隆之介《りゅうのすけ》さん。先ほどお話しした調査メンバーの先生です」

「あ……はじめまして。集明社《しゅうめいしゃ》の泉と申します」

「どうも、辰巳です」

辰巳なる男はほとんどエマの紹介も終わらないうちに、露伴へと向き直っていた。

物腰は慇懃《いんぎん》に見えるが、どうもその言動には引っ掛かるものがある。

その理由を露伴はすぐに理解した。

「いきなり失礼しました。先日、先生の〈絵〉を拝見して、すぐファンになりましたよ」

「……」

「あ、〈ピンクダークの少年〉読んでいただいたんですか?」

京香の問いに、辰巳はにこやかに答えてみせる。

「いや、書店で表紙をね。まあだいたいわかりました」

「……あー……」

「よろしく」

「……よろしく」

にこやかに握手を求めてくる辰巳に露伴も応じる。

短いやりとりではあるが、これだけで彼がどういう人種であるかを露伴はハッキリと理解した。とはいえ、今回の取材において必要な人材であるのは確かだ。

京香だけが見るからに気まずそうにしているが、辰巳を交えて一行は歩きだす。

「ルーヴルのキュレーターに日本人は珍しいのでは?」

「よくご存じですね。人手不足からの臨時雇いですよ」

露伴の問いに辰巳はユーモア交じりに答えたが、短い言葉の中には上からの物言いと、必要以上にへりくだる自家撞着《どうちゃく》的な態度を感じた。

しかしどうやら有能な人材であることは間違いないようで、エマがそれを補足する。

「そんな……辰巳さんは鑑定家としても有名な方で、今回ルーヴルたっての依頼でコレクションの調査にご協力いただいています」

「ありがとう。まあルーヴルなら縁の下にだって住みたいと思ってましたからね、飛び付きましたよ。イヤ、ルーヴルに縁の下はないか。ハハハッ」

「お好きなんですね」

「大好きですよ」

京香がそう素直に聞けば、辰巳は辺りを見回しながら答えた。

「独り占めしたいくらいに」

それも冗談であるのかどうか。

ともかく露伴から見た辰巳という男には、明るい色で塗り潰《つぶ》した人柄の裏に、何か暗い色があるように思えてならなかった。

もっとも、それが何なのかはまだハッキリと分からない。大勢の客が行きかうルーヴルの通路でヘブンズ・ドアーを使うわけにもいかない。

露伴たちはあまり漫画だとかの話題は出さないようにしながら、歩く道すがら今回の取材の目的を話すと、辰巳から意外な話を聞くことができた。

「なるほど。山村仁左右衛門というのはちょっと記憶にありませんが……モリス・ルグランのことなら私も知ってますよ」

露伴たちに向かって、辰巳はそう語った。

エマに続き、調査協力で来ている辰巳も知っているというのだから、キュレーターたちにとってモリスはちょっとした話題の人物だったのかもしれない。

「とても情熱を持った画家でしてね……なかなか売れませんでしたが、模写の腕が素晴らしくって。……亡くなってしまったのは残念です」

「亡くなったのは、病気で？」

露伴が尋ねると、辰巳は首を横に振る。

「いや……事故だったようです」

その解答に露伴と京香が少し驚きを見せる。

しかし本当に驚くべきことは、その直後。サモトラケのニケが展示されているホールへと進んだ時に起こった。

『うあああああああああああああああああああっ！』

絶叫だった。

ルーヴル美術館の中で耳にするとは思わない大声に、一同は一瞬固まった。

見上げれば、吹き抜けになった二階の展示スペースで、男が暴れていた。

異様な光景だった。

あってはならないことだが、時折ルーヴルのような美術館では、極端な主張を持ったメッセンジャーが過激なパフォーマンスに出ることがある。

そういった類《たぐ》いの何かかと思うところだったが、直後にエマが彼の名を呼んだことで、どうやら事態はより不可解であることが分かった。

「ジャック⁉」

彼こそはエマの上司であるメディエーション部の職員、ジャック・ブランだった。

エマが露伴たちを迎えに行く前、ジャックはデスクでエマの代わりに露伴たちから依頼された調べ物を行っていたはずだ。

しかしその様子は、エマの知っているジャックとはまるで違っていた。明らかに彼の目はそこにある光景を見ておらず、何か遠くのものを見つめているように思えた。

『おいッ！　何をしているんだッ⁉』

辰巳がフランス語で声を張り上げる。

だがジャックは、それに構っている場合ではないようだった。

しきりに振り返り、何かに怯《おび》えている。けれどジャックの背後には何もない。だというのに彼は実体のない何かから必死に逃げようと藻掻《もが》いているようにしか見えない。

『やめろ……なんなんだ、やめてくれ……助けてくれ……！』

彼に何が見えているのか、何から逃げているのか、そこにいる誰にも分かることではなかった。

見えない何かに怯え続ける彼の姿に呆然としているしかなかったが、吹き抜けの高所。手すりに寄り掛かって手足をばたつかせている彼の行動が危険なものであることは確かだ。

そして誰もが危惧《きぐ》したその瞬間は、呆気《あっけ》なく訪れる。

『……うおおおおッ――』

一際《ひときわ》大きな叫び声がニケの佇むホールにこだました。

同時に、鈍《にぶ》い落下音が聞こえた。

硬質なものと生物の肉体がぶつかった時に起こる、生理的な心地悪さを孕《はら》む音。

ジャックが飛び降りたのを目の当《ま》たりにし、どよめきが起こった。ショッキングな光景だったが、それ自体が悪趣味な絵画の如《ごと》き場面でもあった。格調あるルーヴル美術館の内装を画枠代わりに〈ある惨劇〉と題された作品のようだった。

エマと辰巳が倒れたジャックのもとへと駆け寄っていく。その様子を、京香は呆然と、そして露伴はじっと目を細めて見つめていた。

『……――!』

慌てた様子で呼びかけるエマたちの陰から、ジャックが振り絞るように漏らした言葉。

それは露伴の耳にも確かに届いた。

フランス語の意味は、確かこうだ。

蜘蛛《くも》。

そして――黒い髪。

「……」

未だ、謎という名の影がこのルーヴル美術館を包み込んでいる。

けれど間違いなく、その影はあの夏に見た暗闇へ繋がっている。露伴にはそう思えてならなかった。

花の都を照らしていた太陽は、夕刻にはすっかり鈍色《にびいろ》の雲に隠れてしまった。

重い色になったセーヌ川の流れを眼下にして、露伴と京香は二人、エッフェル塔を望む大きな橋を歩いていた。

◇

「はぁぁあ〜〜っ、大変なことになっちゃいましたねえ。助かったみたいでよかったですけど……」

タブレットで先ほどの事件の続報を検索しながら京香はため息をつく。すっかり観光気分に水を差された京香だったが、人の死に出くわすという最悪の体験には至らずに、幾分か調子を取り戻したかもしれなかった。

「でも、本当に自分で飛び降りたんですかねえ」

「どうして?」

京香の疑問に、露伴は促すように視線を向ける。

「先生、聞こえませんでした? うわごとみたいに言ってたの……〈蜘蛛〉って言ってましたよね」

「ああ」

「先生。これ、見てください」

京香はタブレットをひっくり返して画面を見せる。そこには露伴がオークションで競《せ》り落とした一品、モリス作〈Noire〉が映っていた。

この旅の前から露伴の取材日記としてアレコレ撮影していた京香だ。抜け目なく撮っておいてメディアフォルダに入れていたらしい。

京香は指で画面を拡大する。そこには黒一色の絵の中に、小さな生き物が描かれている。

「〈蜘蛛〉です。それに、この線……〈髪の毛〉にも見えません？」

「……君、意外とよく見てるな」

「先生も気づいてました？」

「ああ……関係があるというには漠然《ばくぜん》としすぎているが……しかしこの絵を描いたモリスが死んだのも〈事故〉らしいからな……」

「なんかあ～～……なぁーんかですよねぇ～～」

「モリスは、ルーヴルで見た何かを描いた。そして後悔した、い、い……」

おそらくはモリスもジャックも、その共通の何かに関わって災厄に見舞われたのだと露伴は推理していた。

ルーヴル美術館に存在する邪悪な何か。

そしてそれはきっと〈蜘蛛〉に関係している。もしかしたら、露伴があの夏に話を聞いた〈最も黒い絵〉とも。

しかしそれらとて推測の域を出ていない。

レオナルド・ダヴィンチの煙《スフマート》がかった技法以上に、物事の境界は未だ曖昧《あいまい》でぼやけている。

果たしてモリスの死は単純な事故だったのか。

あるいはジャックのように見えない何かから逃げようとしたのか。

だとすればいったい、何から？

思考が巡って停滞する。暗闇のトンネルの中でいつまでも出口が見えない。それは創作者であれば誰もが陥《おちい》るスランプにも似ている。

そしてよい編集者の条件とは――決して的確な助言でなくていい、何げない思いつきであってでも、そのトンネルに外の風を吹き込むことだ。

思考の出口に至るための爽《さわ》やかな風を。

「あのフランス語……」

ふと、京香が思いついたように口にした。

「……後悔したじゃあなくて、〈後悔〉って名詞でしたよね」

そして風が吹き込んだ。

思わず、露伴は京香を見た。

「……文の流れで後悔したって思っちゃいましたけど」

おそらく京香からしてみれば、本当にちょっと気になっただけなのだろう。しかしそれでいい。入り組んだ思考のトンネルを叩き壊すのは編集者の仕事ではない。そこから光明を見出《みいだ》し、ストーリーを出口まで導くのは漫画家の仕事だ。

やはり泉京香は、岸辺露伴の担当編集者なのだ。

「君……百に一つ、いいこと言うな」

「エッ？　いやぁ、品詞が苦手でテスト前によく勉強してたんです……。……百に一つ？」

「つまり、彼は〈後悔〉を見た」

「……？　後悔を見る？」

露伴は視線を巡らせる。

夜の訪れを迎えつつあるパリの街並みでは、家々や建物に明かりが灯《とも》っている。一方で、留守なのか明かりを落とし暗闇に沈むばかりの窓もある。

ガラスはまるで鏡の如く、周囲の景色を映し出す。

「光を反射する鏡は人を映すが、〈絶対的な黒〉が映すものは何か……」

「えっ？」

「いや……」

記憶の中から引用したのは、奈々瀬《ななせ》の言葉。

もしかしたら露伴は今、確かに近づいたのかもしれない。

あの夏には出なかった、その問いの答えに。


文化メディエーション部のオフィスには重苦しい空気が漂っていた。

ジャック・ブランという職員は有能で頼れる人物だった。決して錯乱し、あのような事件を起こす人ではなかったはずだ。

しかし現実に、信じられないことが起こった。特にジャックとデスクを隣り合わせるマリィはただただ呆然とするばかりだった。

そこへ帰ってきたのはエマだった。

現場に居合わせた彼女は、マリィよりはその現実を受け止めていた。いったい彼に何が起こったのか？　その謎を追求する気持ちが彼女にはあった。

確かにエマは、あの時ジャックに調べ物を頼んでいたはずだ。それは露伴が取材に訪れるに当たってメールに載せた、二人の画家のこと。

エマはジャックのデスクへとかけて、パソコンのマウスを握る。

そして画面を見て、はたと気がついた。

『マリィ。このパソコン、ジャックが最後に触ったまま？』

『……そのはずよ。ジャックはあなたから頼まれた日本の画家について調べてた……何か、昔聞いたことがあるって言ってたけど』

『……』

エマはじっと、その画面を見つめていた。

そして、一刻も早く連絡を取らなければならないと思った。

あの岸辺露伴という、日本の漫画家に。

四章

――自分を信じることこそが、最善であり安全な道である。

ミケランジェロ・ブオナローティ（１４７５〜１５６４）

「ご連絡、ありがとうございました」

先導して歩いてゆくエマの背へ、京香《きょうか》が声をかける。

夜のルーヴルは昼とはまた少し違った顔をしていた。闇の帳《とばり》が下りたパリの街で、かつて城であったその場所は、数多《あまた》の芸術家たちの遺志《いし》と己《おのれ》自身の歴史の重みを抱いて、微《かす》かにヒヤリとした空気が漂っている。

続いて露伴《ろはん》が本題を尋《たず》ねた。

「……仁左右衛門《にざえもん》の絵が見つかったとか」

「ええ。実は山村《やまむら》仁左右衛門についてはジャックが調べてくれていて、職員専用の管理記録を検索したようなんです。それがヒットしていて――」

ツカツカと急ぎ、床を鳴らしていたエマの足音が、ある一室の前で止まった。

その部屋、文化メディエーション部オフィスの扉を開けると、エマは迷わずにジャックのデスクまで二人を案内し、パソコンの画面を見せる。

「こちらです」

その画面には確かに、山村仁左右衛門の名が表示されている。

見たところ、それはルーヴル美術館収蔵品のリストに違いない。しかし添付《てんぷ》された写真資料だとか、そこから繋がるリンクだとかいうものはないらしい。

おまけに画家の名の隣に書かれている〈Z-13〉という番号が何であるかは露伴たちには一目では分からない。よってエマがその説明を行う。

「絵のタイトルは不明……作者は山村仁左右衛門。〈Z-13〉はこの美術館にある地下倉庫の番号です。つまり仁左右衛門の絵が〈Z-13倉庫〉にあるということです」

「……！　先生、もしかしてこれが〈黒い絵〉……？」

京香に声をかけられた露伴も、わずかに驚きを示していた。

山村仁左右衛門という画家は本当に存在したのだ。その作品も、少なくとも記録の中では確かにこのルーヴル美術館に収蔵されていた。

若かりし夏に見た幻想の産物ではないかと疑いかけていた奈々瀬《ななせ》の話は、真実だったことになる。

「ただ……この〈Z-13倉庫〉というのは老朽化《ろうきゅうか》などの問題があって、もう二十年以上使われていません。当然、美術品が置いてあるはずはないんです。見捨てられた倉庫……なんて呼ばれています」

「だが、あるということは誰かがそこに置いた」

でなければ記録に残っているはずはない。

それに二十年前となれば、既《すで》にルーヴル美術館に東洋部門はなかった。ギメ東洋美術館に移されているなら、それ以前に移送作業が行われたはず。

つまり仁左右衛門の絵の行方《ゆくえ》として最も有力な手掛かりは、やはり〈Z-13倉庫〉ということになる。

エマは未《いま》だ同室に残っていた同僚のマリィへと話を振った。

『マリィ……ジャックは仁左右衛門のこと、聞いたことがあるって言ってたのよね。誰かしら?』

『……古い話っぽかったなあ。それで確かめるって出ていって……。あ、もしかして倉庫に行ったのかも。……Z-13に』

『君、その名前何とか調べてもらえないか。おそらく美術館に関係ある人間だろう』

彼女らの話に露伴がフランス語で割って入る。

マリィもまた、この一件に関しては腑《ふ》に落ちないものが残っている様子で「いいですよ」と承諾《しょうだく》してくれた。

「Z-13倉庫を見ることは?」

「大丈夫です、行きましょう」

露伴が尋ね、エマが頷《うなず》く。

そうしていざ問題の倉庫へ向かおうとしたタイミングで、メディエーション部を訪ねる人物があった。

昼に見た顔。辰巳隆之介《たつみりゅうのすけ》という、東洋美術専門の調査員だった。

『エマ、聞いたよ。仁左右衛門の絵があったんだって——』

やや急いだ様子で飛び込んできた辰巳は、入るなりそう話を切り出してから露伴たちの存在に気づいたらしい。握手を求めながら、日本語に切り替える。

「ああ、露伴先生……いや驚きましたよ。あの後調べてみたんですが、仁左右衛門の絵は発見されたコレクションの中にはありませんでした。確かです。それが、まさか見つかるとはね……。エマ、私も行くよ」

「Z-13へですか?」

「東洋美術に関わる者として見過ごせないよ」

「分かりました。じゃあさっそく……」

そうして、件《くだん》のZ-13倉庫へ向かうメンバーに辰巳を加えることになった。

かつての古城の面影《おもかげ》を残し、多くの見物客を迎えるルーヴルの顔とは別の、表には出ない地下倉庫への道すがら。

随分《ずいぶん》とタイミングよくやってきた辰巳のことは、露伴は微かに気になっていた。

◇

地下通路への入り口で待っていたのは、メディエーション部のキュレーターたちとは雰囲気の違う二人の男だった。作業着に似た機能的な服装は、日本のそれとは色が違うが見覚えのある形だ。

「消防隊のユーゴとニコラスです。この先はかなり古く、迷路のようになっているので、同行するのが決まりです」

エマの紹介を受けたうち、ユーゴと呼ばれた男が一歩踏み出す。

『ライターなど発火性のあるものや、ペンやナイフなど収蔵品を傷つける可能性のあるものは全て出してください……鍵もお願いします』

まるで刑務所での面会時のように大げさな対応だが、促《うなが》されれば露伴たちは言われた通りに荷物を差し出していく。

　ペンまで取り上げるとは厳格なことこの上ない決まりだが、世の中、貴重な美術品や文化財にサインをするような輩《やから》もいる。そういったバカげた悪戯《いたずら》だって一度でも許せば重大な文化的喪失なのだから、厳重であって当然だろう。

「警備員さんじゃなくて、消防士さんなんですね」

　指定された物品を預けながら京香が尋ねると、エマは丁寧《ていねい》に答えてくれた。

「ルーヴルには消防士が常駐しています……何かあった時、美術品の避難を担当するのは彼らなんです。ルーヴルのどんな秘密の通路も把握していますし、全ての扉の鍵も持っています」

「Z-13倉庫も？」

「もちろん」

　露伴の確認にも、エマは頷いた。

　やがて携行品をあらかた預けたのちに、ニコラスが全員へ懐中電灯を配る。これから明かりの必要な暗闇が待っていると思えば、自然と緊張が一行を支配する。

　地下通路の空気は重く、冷たかった。

　防火対策も兼ねた構造なのだろう、コンクリート造りの地下通路の中は薄暗く、どこか圧迫感もある。人が頻繁（ひんぱん）に訪れることを想定していないのだから、来客を歓迎する飾りつけはない。

　華やかな展示室がルーヴル美術館の表側だとすれば、そこはまさしくルーヴルというキャンバスの裏側と言える。その中を進んでいくのは廃校の肝試《きもだめ》しにも似て、気味のよいものではなかった。

　足音だけが反響する通路を歩くうち、一行も自然と口数が少なくなってゆく。

　そんな折、突然鳴り響いたメロディに京香は飛び上がった。

「ごめんなさい……マリィからです」

　どうやらメールの着信音だったらしい。

　届いた文面を、日本語に訳して読み上げる。

「……ジャックが仁左右衛門の名前を聞いた人間が分かった。二十数年前、ルーヴルのキュレーターをしていた男で……名前は〈ゴーシェ・ビゴット〉」

　添付されてきた写真が見えるよう、エマがスマホをこちらに向ける。

　その名前と顔に、露伴は目を見開いた。

　薄れかけていた記憶の中で、確かに覚えのある人物だ。それは確か奈々瀬が失踪《しっそう》したのち、祖母の蔵にあった絵を受け取りに来たフランス人。

彼の名前がまさに、ゴーシェ。

では、まさかあの絵が――。

「記録によると、彼が仁左右衛門の絵をZ-13倉庫に登録したようです」

「そのキュレーターは今もここに？」

「いえ……その後に突然いなくなって、今も〈行方不明〉だとか」

「……」

露伴の脳は次々と記憶を掘り返していく。

祖母が蔵の整理を頼んでいたがパタリと来なくなった、川鳥《かわとり》という古物商。

何かに怯《おび》えた様子で逃げ回り、高所から落下したジャック・ブラン。

仁左右衛門の絵をZ-13倉庫へ収めてから行方不明になったゴーシェ・ビゴット。

ルーヴルで模写の日々を送ったのちに事故で亡くなったというモリス・ルグラン。

彼の作品である黒い絵、〈Noire〉。

そこに描かれた蜘蛛《くも》。黒。そして〈後悔〉。

「……まさか……」

「先生？」

京香が首をかしげたが、その会話もすぐに打ち切られた。

ガシャン、という開錠音が通路の中に響き渡ったからだ。思考しながら歩いているうち、いつの間にか倉庫へ向かう入り口に辿り着いたらしい。

『Z-13倉庫はこの下です』

消防隊員のユーゴがそう言って、武骨な扉を開いていく。

地下通路の空気の重さなど、まだまだ序の口であることがすぐに分かった。

出迎えたのはさらに下へと続く、コンクリートの長い長い螺旋《らせん》階段。

そして、そこに満ちる一面の暗闇。

太陽の光など決して届かないルーヴルの最奥《さいおう》に、漆黒《しっこく》の世界が待っている。

『皆さん、懐中電灯を。足元に気をつけてください』

ニコラスとユーゴ、二人の消防隊員が明かりをつけて先導し、階段を下り始める。続いてルーヴル職員である辰巳とエマが。

露伴と京香は最後尾に取り残される。

出遅れている露伴を見て、京香は不可解そうに首をかしげた。

「先生？　行きましょう。これ、すごい取材になるんじゃあ……」

「……」

やがて、露伴も階段へと一歩踏み出していく。

頭の中で固まりつつある答えがある。

それによって露伴の中にある経験——数々の奇妙な事件の記憶が、警鐘《けいしょう》を鳴らしている。

それでも尚、京香の言うことが正しいと露伴は分かっている。ゆえに露伴は地下への階段を下りていく。

この先にどんな謎と危機が待ち受けていようと、止まるわけがない。

ダ・ヴィンチいわく——私の仕事は、他人の言葉よりも自分の経験から引き出される。

この先に待っている経験こそが、これからの岸辺《きしべ》露伴を形作るだろう。


階段を下りた先には、またしても扉が待っていた。

まったく厳重に封じられているものだとため息の出るところだったが、消防隊員たちが鍵を挿《さ》せばあっさりと扉は開錠された。

『……ずっと使ってないのに、簡単に開いたわね』

『ああ……』

エマの呟きにユーゴも同意する。階段や扉の状態から見て、経年劣化の錆《さび》つきや埃《ほこり》の蓄積があってもおかしくはなかった。だがスムーズに開いた扉は、まるで倉庫自体が彼らを招き入れるかのようにすら思える。

奇妙なことに、地下だというのに倉庫内で使える照明装置はないようだった。

消防隊員たちが持参のランタンを立てれば、多少は周囲が照らされる。だがその明かりも満足には行き渡らずに、壁も天井も未だ多くの部分を影が占有している。

懐中電灯を向けても全てを照らすことはできず、明かりを揺らすたび、照らせないところへじんわりと染《し》み出すように暗闇が浸食していく。

そこはまるで〈黒〉が支配する王国だった。

光が届かないというよりも、光が相応《ふさわ》しくないような場所。人も、生命も、そこに満たされた黒には歓迎されていないように思える。

その奇妙な暗闇に、京香もどこか違和感を覚えていた。

「何か……不思議な暗さですね」

京香が視線を巡らせても、暗闇の中の全容は窺《うかが》い知れない。懐中電灯で照らしてみれば棚があることは分かったが、そこに置かれている物もない。

冷暗所といえば美術品の保管にはいい環境だろうが、この倉庫は度を過ぎている。

「やはり、こんなところに絵が残っているとは思えないが……」

そう呟く辰巳の意見こそ、もっともに聞こえる。

どう見たってそこは〈死んだ場所〉だった。このような場所に一枚だって絵を取り残すなど、ルーヴル美術館が許すとは思えない。

それでも隅々まで見なければ〈ない〉ことの証明はできないのだから、このまま撤退するわけにもいかない。

ことが起こったのは、そんな矢先だった。

『……おい、何かいるぞ』

ざわめきだしたのは消防隊員たちだった。

懐中電灯で照らす光の中にニコラスが何かを見たらしい。

『ネズミだろ？』

『そうかな……』

相方のユーゴの返事に、ニコラスもあまり深くは考えなかったようだ。

しかし暗所にネズミがいるのは当然のように思えるが、ここはコンクリートに覆《おお》われた地下倉庫だ。それも地下通路を下ったさらに下の、おそらくはセーヌ川より深い箇所。動物がわざわざ巣食うのに適した場所ではない。

ましてや捨てられた空間とはいえ、かつては美術品を収蔵するための倉庫だったはず。ネズミ一匹とはいえ侵入できるような造りになどなっているものだろうか。

果たしてニコラスが見たのはネズミだったのか。

いや、そもそも本当に何かを見たのだろうか。露伴は懐中電灯を振り、その蠢《うごめ》く何かがいないか周囲を探る。

「……？」

そのうち、ふと露伴は床に何かを見つけて屈《かが》み込んだ。

――これは……。

『うおッ!?』

不意に何かが音を立てて床に落ちた。

ニコラスが自分の見た物を探すため、あちこち照らしているうちに壁から何かを落としたらしい。

照らしてみると、それはどうやら一枚の絵のようだった。

『あッ！』

慌てて、ニコラスはその絵を拾い上げる。

なるほど、確かにZ-13倉庫にはまだ忘れ去られた収蔵品があったわけだ。となればニコラスの拾い上げたそれこそが、山村仁左右衛門の〈黒い絵〉なのか。

『……辰巳さん』

ニコラスに呼ばれて、辰巳とエマがその絵を覗《のぞ》き込む。

途端、彼らは顔色を変えた。

「……ッ⁉」

「え、これって……！」

キュレーター二人の様子に、露伴と京香も絵を覗き込む。

「これは……」

露伴はすぐに、その驚愕《きょうがく》の理由に合点《がてん》がいった。

輪郭《りんかく》のぼかされた、滑《なめ》らかな陰影と緻密なタッチ。何より画面の中で圧倒的に存在感を放つ〈光〉の表現。その特徴はあらゆる画家の中でも際立《きわだ》つ要素であり、とある巨匠の代名詞ともなったもの。

十七世紀オランダ黄金時代を代表する一人にして、〈光の魔術師〉の異名を持つ天才。

エマが「嘘でしょう？」と零《こぼ》すのも無理はない。消防隊員たちもしきりに互いの顔を見合わせている。

彼らもルーヴル美術館を管轄とする人間なだけあって絵画の知識がある、ということなのだろう。確かにこの絵の存在は驚愕に値《あたい》する。

ピンときていないのは、どうやら京香だけだった。

「先生、知ってるんですか？　この絵」

「タッチは間違いなく〈フェルメール〉だ」

「フェルメールって、もしかして有名な……」

「もしかしなくても有名だ」

そう、絵画に造詣《ぞうけい》の深い人間ならばはっきりと分かる。

だがそれはあくまで専門家の話。タッチだけで美術品の素性《すじょう》を読み取れる人間はそうはいない。京香の反応が普通だろう。

「だが、フェルメールでこんな作品は――」

「あったんです。発見されたコレクションの中に」

露伴の言葉を遮《さえぎ》ったのはエマだった。

その答えには露伴もさらなる驚愕を隠せなかった。

〈発見されたコレクション〉とは即《すなわ》ち、昼間にエマが話していた地下倉庫から見つかったという千点以上の美術品のことだろう。その中の一つが、なぜこんなところに残されているのか。

無論、エマもどうやら当惑《とうわく》しながら、その事実を口にしているようだった。

「鑑定の結果……間違いなくフェルメールでした。発表されたら世界中で大騒ぎになると思います。でも、これはもう保管センターに移されているはずなのに、どうして……」

「忘れちゃったんですかねえー？」

無邪気すぎる質問を京香が投げかけると、エマは当然首を左右に振る。

「それはありえません」

「じゃあ……偽物とか？」

「ハハッ、その通りッ！」

不意に明るい声を上げたのは辰巳だった。

露伴が訝《いぶか》しげにそれを見る。だがそれまでの会話を引き継ぐように割り込んできた辰巳は、馬鹿げたことを笑い飛ばすかの如《ごと》くまくしたてる。

「エマ、しっかりしてくれ。彼女の言う通り、これは本物じゃあない」

「え……」

「完全に偽物《にせもの》だッ！　……ま、よくできているが」

辰巳はハッキリとそう言い切った。

自分はどう判断するか迷っていた様子のエマだったが、反論することもなかった。誰だってこのような倉庫にフェルメールの未発表作品があるなどとは信じられないし、そんな物を権威あるルーヴル美術館が置き去りにすることなどあってはならないことだ。

そこへきて、ルーヴルが直々《じきじき》に呼び寄せた鑑定の専門家である辰巳の言葉。

彼が偽物だと言うのならば疑う余地もないし、それを受け入れる方が常識的だ。京香ですらそう言われれば「そりゃあそうですよね」という顔をする。

『ニコラス、それは処分しておいてくれ』

『了解』

応じるニコラスも疑う様子はない。

なにせ鑑定士の押した偽物という太鼓判。そもそもここにフェルメールの絵があること自体が突飛《とっぴ》なのだ。おそらくは外へ持ち出されたとしても、多くの人間が偽物であると思うだろう。

それほどに美術品の真贋《しんがん》の見極めというものは難しい。

ゆえに、誰がそれを保証したかということが重要になる。辰巳の立場と言葉は、謎という暗闇に包まれた倉庫の中では、彼らにとって指針を示す光に等しかった。誰がそれを言ったかということに、人間は安心感を覚える生き物だ。

『待った』

しかし、この場でただ一人。

岸辺露伴という漫画家を除いた話ではある。

『そんな名画を処分するなんてとんでもない』

露伴は人間に敬意は払えど、権威を妄信《もうしん》することはない。

かつて巨匠レオナルド・ダ・ヴィンチがそうしたように、岸辺露伴もまた自分の経験を何よりの師と捉《とら》える。観察と思考によってだけ真実の形は見えてくる。

唖然とするニコラスの様子にも構わず、露伴はその絵を取り上げて宣言する。

「この絵はオリジナルだ」

それは、辰巳の鑑定を真っ向から否定する言葉だ。

エマも京香も戸惑《とまど》いを見せる。当然、誰よりも辰巳が動揺した。

「……まさか」

「この絵には〈本物のリアリティ〉がある。僕が言うんだから間違いない」

――そうだよな？　とでも言いたげに露伴はその絵を京香に渡す。

こうくると京香は頷《うなず》くしかない。もっとも、まだ半信半疑ではある。

「あ～……まあ、そうですね」

「でも、じゃあ保管センターに行ったのは……？」

エマの疑問の答えを示すべく、露伴はある物を掲《かか》げてみせた。

それは先ほど、一同がフェルメールの絵を発見する直前に露伴が屈んだ際、拾い上げたものだ。

限られた明かりの中でも目を凝《こ》らせば、それが〈画材〉の一種であることは京香にも分かった。だが重要なのはそれが何に使う道具か、ではない。

問題は画材に記された持ち主の名前である。それは露伴も京香もエマも、そして辰巳も当然知っている人物。短いフランス語の名前。

京香はそれを読み上げる。

「……〈モリス・ルグラン〉？　……あッ、模写の！」

露伴は見逃さなかった。

その名の後に続く〈模写〉という言葉に対し、辰巳が明らかに表情を歪《ゆが》めたのを。

「ここにオリジナルがある以上、保管センターに行ったのはモリスの描いた〈模写〉……と、いうより――〈贋作《がんさく》〉だ」

「バカなッ！」

辰巳は声を荒らげた。

対して、露伴は冷たい瞳で彼を見据える。その構図だけでこの場における露伴の精神的優位は決したと言ってよかった。それを感じた辰巳はとっさに声を抑え、冷静さに努《つと》めて反論を並べる。

「……ルーヴルでは模写をする場合、オリジナルより〈二〇パーセント〉大きさを変えるという規則があるんですよ。そもそも模写が許されているのは展示されているものだけで、このフェルメールは展示どころか発表すらされていない。不可能だッ！」

「だ、か、ら、こ、こ、を使った。……誰も来ない忘れられた倉庫を」

「……」

「泉《いずみ》くん、新作の〈プロット〉を思いついたよ」

「えっ？」

不意に話を振られて、京香はキョトンとする。

露伴はまるで自信作のクライム・サスペンスのアイデアを述べるように語る。

「——モリスは〈美術品窃盗《せっとう》グループ〉の一員だったとするんだ」

つまり、筋書きはこうだ。

「使われていないZ-13倉庫で名画の精巧な贋作を作り、贋作の方を保管センターに送る。オリジナルはモリスが持ち帰り、自分の絵に隠して海外へ……」

例えば、そう——自身の絵の画枠、その〈裏側〉にスペースを作るなどして。

それは一見モリス・ルグランという無名の作家の絵でしかない。

現代においても本格的な絵画はお手軽なインテリアとは言い難《がた》い。単純に小包などに偽《ぎ》装《そう》するよりもそれが小難しい〈絵〉だと分かるぶん、一般人は興味を持たないし、有名でもない作家の絵など絵画通でも見向きもしない。しかし彼の正体を知る窃盗グループの人間にとっては、派手な目印付きのパッケージというわけだ。

だが持ち出したその絵を直接受け渡したのでは、簡単に足がついてしまう。

ゆえに窃盗グループは巧妙に、それでいて堂々と絵を手に入れられる受け渡しのステージを用意した。モリス・ルグランが無名の画家だからこそ行える方法。

それは盗品の授受とは思えないほど晴れ晴れしく、あたかも参加者同士の自由競争で所有権が決まっているように見える大舞台。それでいて、一味の人間以外はまずモリスの絵を手に入れようとは思わないシチュエーション。

即《すなわ》ち——。

「——海外の〈オークション〉でモリスの絵を安価で買えば、その中には名画が入っている……というわけだ」

「……」

「どうだ?」

沈黙。それは時に、何よりも雄弁《ゆうべん》な回答でもある。

露伴の述べた推測に対し、辰巳は数秒言葉を失っていた。

だが、そこへ待ったをかけたのは京香だった。

「ン〜〜……面白いですけど、ちょっと無理があるような……」

こいつめ、とは露伴は言わない。穴があれば指摘するのは編集者の仕事だ。

「模写の許可証だけで、そこまでのことはできません」

エマもそのように補足する。なるほど、突飛な話に聞こえるだろう。しかし現実に起きる大事件は時として、荒唐無稽《こうとうむけい》なほどのスケールで行われる。

よくできたフィクションほど、筋の通りすぎた縮こまった話になりやすい。それらは人間の常識の限界を超えることができないからだ。

ありえないッ！　と思うくらいブッ飛んだことのほうが、実はリアリティがある。

それに露伴の推理にはまだ続きがある。

確かにモリス・ルグラン一人でこの計画をこなすには、無理があるだろう。だがそれならば前提を覆《くつがえ》せばいいだけの話だ。

「——仲間がいたら？」

そしてこの続きに関しても、露伴は根拠を持って語ることができる。

何せ露伴自身、他人に信じられないことを理解して語っているのだ。京香やエマのように疑義を呈するか、一笑《いっしょう》に付《ふ》すほうがまだ自然な反応だ。

だが笑い飛ばして当たり前の話だというのに、この場には黙りこくったままの人間が辰巳の他に、あと二人もいる。

それが事実だと知っていることを、人は咄嗟《とっさ》に無視できないものだ。

「ルーヴル内を自由に行き来できる人間……〈消防士〉や〈キュレーター〉」

ニコラスは応《こた》えない。

ユーゴは笑わない。

彼らの表情は硬く、視線を動かすことを拒《こば》んでいるかのようだった。

無理もないだろう。それが人間の心理というものだ。

なぜなら彼らが本当に窃盗団の一味ならば、動揺を露《あら》わにした時には〈リーダー〉を視線で指し示してしまうかもしれないからだ。

だが甘い。見ないように努めることこそが、逆に答えを言っているようなものだ。

そもそも露伴にとっては、思い返してみれば不可解なことだらけだった。

「最初から引っ掛かってはいた。ファンでもない漫画家にわざわざ会いに来たり、妙にこっちに接近してきたり……」

それにフェルメールの絵を発見した時、ニコラスは常勤キュレーターであるエマではなく、外部から招かれている辰巳の名前を呼んだ。

辰巳もそうだ。絵の処分をエマではなく消防隊員であるニコラスに言いつけ、しかも彼は迷わずそれに頷いた。彼らの一存でなぜそんなことが決められるというのか。

そもそもいくらルーヴル美術館を管轄《かんかつ》する消防隊員とはいえ、専門のキュレーターでもない人間がフェルメールの絵を一目見て、あれほど驚くだろうか？

知っていいなければあの反応は示さない。

それもタッチや作風とかではなく、〈この絵〉そのものを知っていなければ。

おそらく〈この絵〉がここで見つかったのは、彼らにとって想定していない事態だったのだろう。

だからこそ焦《あせ》り、事態が露見する前に有耶無耶《うやむや》にしようと考えた。だから本来関わるべきルーヴル美術館正職員のエマを除いて話を進めたわけだ。

推理劇の最後に、露伴の視線は辰巳へ向いた。

「しかし、名のある鑑定家がオリジナルを偽物と言い切るのは……〈リアリティ〉がなさすぎたな」

「…………」

真実をズバリと言い当てられた時、瞬時に言い訳をでっちあげられる人間などそうはいない。

ましてそれが複数人の一味となれば、各々《おのおの》が出まかせを並べ立てて齟齬《そご》をきたす恐れがある。ゆえに彼らは、沈黙しか選べない。

最初はそれを荒唐無稽な話と思っていた京香やエマも、彼らが黙りこくっていれば疑わしげな目になってくる。

時が経《た》つほどに、彼らの沈黙は事実を肯定《こうてい》していく。

「――ハッ」

やはり辰巳こそが彼らのリーダー格なのだろう。

疑われた三人の中でいち早くその沈黙を破ったのが辰巳だった。露伴の語った推理を一息に切り捨てるが如く笑ってみせたのは、他の二人との役者の違いだろう。

沈黙のうちに反論を固めたのか、辰巳は自身の手番が回ってきたとばかりにまくしたて始める。ここから腰を据えて、己の知識と語彙《ごい》と権威を総動員して舌戦《ぜっせん》を挑もうということだろう。

確かにこの場にはルーヴル関係者の方が多い。エマも辰巳を信頼したい気持ちがあるだろう。彼に勝算がないとは決して言えなかった。

「露伴先生とも思えないつまらないプロットだ。いや失礼、しかしガッカリだッ――」

だが、その続きが語られることはなかった。

辰巳も消防士たちも。そしてこのタイミングにおいては露伴もまったく想像だにしない形で、彼の言葉は打ち切られた。

『おい、どうした』

戸惑いの声を上げたのはユーゴだ。

しかし本当に異変が起きていたのは絵を拾った消防士、ニコラスのほうだった。

露伴の繰り広げた推理と辰巳の反論。それに聞き入っていた京香たち。

ニコラスは今や、その誰にも注意を向けていない。

彼はただ、Z-13倉庫の暗闇を見つめていた。

そしてニコラスは、呆然とした顔で口を開いた。

『なんで、こんなとこに、兵隊が、？』

直後のことだった。

『は？　お前、何を言って――』

相方の様子を訝しんだユーゴの言葉は、ニコラスが倒れた瞬間に途切れた。

誰もが一瞬、息を呑んだ。

明らかに、ニコラスは何かに襲われた。一瞬硬直して力なく倒れていく様は、あたかも不意の銃撃を受けたかのように見えた。いや——実際に、彼の体には弾痕《だんこん》と思《おぼ》しきものすら確認できた。

『ニコラスッ！　おいッ！』

『どうしたのッ⁉』

『わからないッ！　おい、ニコラスッ！』

パニックに引きつる声が暗闇に響く。

慌てて駆け寄るユーゴにも、エマにも、何が起きたか分からないようだった。

「先生……⁉」

「……」

問うような目で見てくる京香に、露伴は答える術《すべ》を持たない。

露伴の披露《ひろう》した推理は、あくまでルーヴル美術館を隠れ蓑《みの》とする窃盗グループについての話。たった今起きた出来事はその埒外《らちがい》の現象だ。

揺すっても呼びかけても、ニコラスが返事をする様子はない。

不気味さに満ちていた倉庫内の空気が今、明確な〈危険〉というサインを発して張り詰め始めている。

やがて、ユーゴは青ざめながら露伴を睨みつけた。

その声は完全に冷静さを失っていた。

『お前、何をしたッ！　ニコラスはどうしたッ⁉』

『……僕は何もしていない』

『嘘をつくなッ！〈日本で雇ったヤツ〉が、お前はヤバいと連絡してきたんだッ！』

『ユーゴッ！』

辰巳が慌ててその発言を制しようとした。

だがもう遅い。そのやりとりが露伴の推理を裏付けたようなものだ。露伴の脳裏によぎるのは、モリスの絵を盗みにやってきた二人の男たち。

「オークションの男たちも、繋がっていたわけか……」

『うわあぁぁあああああああッ！』

張り詰めていた空気がついに弾《はじ》けた瞬間だった。

ユーゴはなりふり構わず露伴へと掴み掛かってきた。反射的にそれを振り払えば、床に倒れていたニコラスに躓《つまず》き倒れ込む。

それが一層彼の理性を脅《おびや》かしたらしい。ポケットから引き抜いたユーゴの手には、薄明かりを反射して鈍《にぶ》く光る、一本のナイフが握られている。

「きゃあああああッ！」

もはやユーゴは暗闇の中で逆上した獣に等しかった。

ナイフを振りかざして京香へと飛び掛かり、フェルメールの絵を奪い取ろうとする。

「ユーゴッ！」

「くッ……！」

エマが悲鳴にも似た声を上げ、露伴が咄嗟に京香を庇《かば》うよう間に入り、彼を思いっきり突き飛ばす。

しかし一歩遅かったようだ。床に転がったユーゴの手には、既にフェルメールの絵があった。その絵を必死に抱え込むようにしながら、ユーゴは半狂乱で喚《わめ》きたてる。

その瞳はエマも、辰巳すらもとうに信用していないようだった。

彼の目は暗闇の黒に無数に浮かぶ、あらゆる恐怖の想像だけを見つめていた。

『お前らさっきから日本語で何しゃべってたァアッ⁉　辰巳ッ！　まさか、俺たちもモリ、い、いスみたいに――』

『ユーゴッ！　落ち着けッ！』

もう辰巳の言葉など届かない。彼の「モリスみたいに」という失言は決定的だった。

モリス・ルグランをいったいどうしたというのか。驚愕の表情を浮かべるエマに対し、辰巳は必死に取り繕《つくろ》おうと笑顔を向ける。だがそれすらも今やまったく意味を成さないだろう。

『辰巳さん……あなた、まさか……』

『おい辰巳答えろォオオオッ！　いったい何が起きてるんだッ!?　〈これ〉もどこから出てきた!?　あんなに探したのにッ！』

「………」

必死にユーゴを宥《なだ》めようとしていた感情が、波のように引いていくのを辰巳は感じていた。これ以上は何を言っても事態は傾くまい。

今となっては、その表情に剝《は》がすことのできない疑念を浮かべているエマ。

一向に冷静さを取り戻すことのできないユーゴ。

相変わらず床に倒れたままのニコラス。

そして、言うまでもなく警戒心を露わにする京香と露伴。

この暗闇の中に、もはや辰巳を助けるものは何もない。露伴の語った筋書きだけであれば、辰巳はまだ想像でしかないと突っぱねることができたかもしれない。

だが、あまりにもユーゴの失言は痛すぎた。

「……ハァアアアア〜〜〜〜……」

――潮時か。そんな言葉を込めたように、辰巳は力の抜けるため息を吐いた。

これ以上、錯乱したユーゴから予想だにしない暴露を続けられるよりは、観念したほうがマシだと考えた。

「露伴先生」

であれば、〈最も厄介な誤解〉を受ける前に白状したほうがいいだろう。

辰巳はゆっくりと露伴へ向けて語り始めた。

「あなた、やっぱり私たちのことを何か知ってて……それを調べに来たんですよね？　モリスの絵を相場以上で買って、わざわざパリまで……」

「……いや。僕は仁左右衛門の絵を探しに来ただけ――」

――白々しいことを。

辰巳は鼻で笑いそうになった。

でなければどこの世界に、無名のモリスの絵を百五十万円も出して買う奇特な人間がいるというのか。純粋な道楽でやっていたとしても、そんなことをする漫画家を辰巳は見たことも聞いたこともない。

この事件を調べてネタにするつもりなのか、はたまた日本の警察の回りくどい捜査に協力しているのかは分からない。

だが、知りたいのなら語ってやろうと辰巳は思った。

こと、ここに至っては辰巳には投げやりな感情すらあった。順調に回っていたはずの辰巳の歯車はある時から決定的に狂ってしまった。

辰巳は半ば愚痴を語るように、告白を続ける。

「……モリスは急におかしくなったんだ。足を洗うと言いだして……」

そう、思えばそれが辰巳にとってケチのつき始めだった。

卓越した模写の腕を持っているモリス・ルグランという協力者がいたからこそ、辰巳たちの窃盗団は成立していたのだ。それなのに彼は無責任にも足抜けしたいなどと言いだしたのだ。

許せるわけがなかった。

辰巳たちのやってきたことの全てを知っているモリスを、ハイそうですかと解放できるわけがない。それにモリスの贋作は替えの効かない精度のものだった。

何より、阿漕《あこぎ》なことをやってきたなりに仲間意識はあったのだ。辰巳たちも根気よく引き留めたし、考え直すよう説得もした。

あんな馬鹿なことを言いださなければ、辰巳とてあのような後悔はしなかった。

そもそもなぜ、急にモリスは足を洗うなどと言いだしたのか。

確か――。

「……ここで、〈何か〉を見たとかどうとか……」

ふと、辰巳は気がついた。

露伴の表情は強張《こわば》っていた。

辰巳の自白に驚いている、というふうでもない。その視線は辰巳ではなく、その背後に向いているようにも見えた。

いったい、彼は何を見ているというのだろう。

辰巳の立っている場所の後ろには、ただ暗闇に覆われた壁しかないはず。

「……あれが、仁左右衛門の……ッ!」

――仁左右衛門？

目を見開きながら露伴が口にした名に、辰巳が振り返ろうとしたその瞬間だ。

〈真っ黒な蜘蛛〉が、辰巳の背中へと這い上がった。

「――モリス？」

その瞬間、〈彼〉は辰巳の眼前に現れた。

倉庫内の全員が困惑《こんわく》していた。辰巳の視線が不意に一点に留《とど》まり、その場にいる誰でもない名前を呼んだからだ。

だが、辰巳にだけはハッキリと見えていた。もはやこの世に存在しないはずの男。

辰巳の目の前で死んだはずの男が、そこにいた。

「お……お前ッ！　どうしッ、て……！」

モリス。そう呼ばれた男の手が、辰巳の首にかかるのは早かった。

「ぐ、ごッ、おごッ……！」

とても錯覚とは思えない実感としての痛み、憎悪の籠《こ》もる切迫感があった。ギリギリと首に食い込んでくる指が気道を圧迫し、辰巳の呼吸を押さえ込む。

京香もエマも、ユーゴさえも戸惑っていた。彼らの目には辰巳が一人で怯え、藻掻《もが》き苦しんでいるようにしか見えなかった。それはニコラスや、昼間に飛び降り騒動を起こしたジャックの様子とよく似ていた。

ただ一人、露伴だけにはこの状況の危険性がハッキリと認識できていた。

なぜなら露伴の目にはZ-13倉庫に広がる〈黒〉の正体、辰巳の背後にあったものが見えていたからだ。それは影ではない。それは闇でもない。

――〈髪の毛〉だ。

壁一面を覆い尽くす黒い髪の毛、その隙間《すきま》を〈黒い蜘蛛〉が這い回っている。

そして大量の黒髪と、無数の蜘蛛を額縁《がくぶち》のようにして、一枚の絵がそこに飾られている。

それこそが〈そう〉なのだと、露伴は一目で確信した。

この世で〈最も黒い絵〉。

「……ッ！」

背筋を怖気《おぞけ》が駆け上り、体中の血が冷えていく。

露伴たちがZ-13倉庫に踏み込んだ時から、それはとっくに壁に掲げられていた。

彼らが今の今まで影だと思っていた黒い物体。一切の光を反射しない黒髪のヴェールに隠されてそこにいたのだ。

まるで早戻しされる映画のように、露伴の脳裏を記憶が巡る。

あの夏の日、奈々瀬から〈黒い絵〉の存在を教えられた時、既に露伴は見聞きしていた。

山村仁左右衛門の物語。

ルーヴル美術館というその在《あ》り処《か》。

奈々瀬に絡みついていた奇妙な影と、なぜか妙に蜘蛛をよく見たあの夏。

そして、〈黒い絵〉の危険性。最後に思い出したのは、何より大事なことだ。

それは、決して見てはいけないし――。

「――触ってはいけない」

「……え？　なに……？」

京香の声が耳に届く。

記憶が蘇《よみがえ》り、露伴の思考の線が繋がった。

反応からして京香はまだあの絵を直視していない。そして〈触ってはいけない〉のがあの絵そのものではなく、あの絵を取り巻く〈黒〉全てだとすれば急がねばならない。

露伴は京香の肩を掴み、〈黒い絵〉が視界に入らぬよう棚の陰へと押し込んでいく。

「うわッ、先生⁉」

「泉くん、そのまま後ろを向いているんだ……絶対に、見るな」

「え、何を見る――」

「いいからッ！」

「……はいッ！」

何が何だか分からぬままだが、京香は素直に従ってくれた。

対処としては間違っていないはずだが、これもその場しのぎに過ぎない。露伴の頭の中でひっきりなしに警鐘が鳴り続けている。窃盗団など比べものにならない脅威《きょうい》が、今もこの倉庫の中に存在している。

「モリスッ！　やめてくれッ！　私が、悪かった……ッ！」

辰巳は己にしか見えない影と格闘を続けている。

その事実が何より不穏だった。他の人間には認識できないというところが危険だった。

この〈敵〉の本質が、露伴の想像通りだとすれば――。

「ピエール……？」

「ッ⁉」

聞こえてきたその声に、露伴は事態が想像以上に逼迫《ひっぱく》していることに気づいた。

「ピエール？　あなた、ピエールなの……？」

次に〈誰でもない名前〉を呼んだのはエマだった。

彼女の視線は、まるで幼い子供に対するように下を向いている。呼んでいるのはおそらく、〈少年〉の名前。

そしてユーゴもまた、座り込みながら何もない暗闇に怯えている。

『おい、なんなんだ！　なんなんだよいったい！』

遅かった。

彼らはもう〈それ〉を見てしまっている。何も存在しない暗闇の中で、彼ら自身の中にしかないものに怯えている。

ただ一人、京香だけが何も分からぬままに当惑《とうわく》している。

「先生……今、どうなってるんですか……?」

「……〈幻覚〉だ。彼らは〈幻覚〉を見ている」

「〈幻覚〉……?」

口には出しても、京香はピンときていない様子だった。

無理もない。露伴だってハッキリとは分からないのだ。暗闇の中でいったい何に襲われているのか、当人自身にしか見えていないのだから。

けれど、まるで懺悔《ざんげ》のようなエマの言葉が、露伴たちにも彼女の見ているものを嫌でも想像させてくる
「ピエール……ママを許して……。あの時、公園の池であなたから離れなければ……一瞬でも目を離さなければ、あなたは……」

「……エマさん」

幻覚とはいえ、エマの言葉には〈リアリティ〉があった。

彼女が今見ているピエールという少年は幻かもしれない。だが恐らく、彼はかつてエマのもとに実在したのだろう。だとすれば今エマが感じている苦しさも、彼女を責め立てる〈後悔〉も現実だ。心は決して幻などではない。

人は外から襲ってくる悪意や攻撃ならば身を守ることはできる。

だが己の内側から溢《あふ》れてくる〈後悔〉に立ち向かうことは、あまりに難しい。

ましてそれが形となって目の前に現れたなら、無視できる人間などいるだろうか。事実、エマはもはや抗《あらが》う術を持たない。

「ピエール……全部ママのせいね……。ママが悪かったわ、許して……」

かつて喪《うしな》った息子の幻影を抱き寄せるように、母親の表情で手を伸ばしていく。その顔は涙に濡れながら、どこか満たされているようにも見えた。

そして、エマはその〈後悔〉に触れてしまった。

「――ゴポッ！」

その瞬間、エマは部屋の中で溺れた。

エマの周りにだけ満ちる苦しみと冷たさ。彼女が息子を失った〈池の水〉が、実感となって彼女の呼吸を封じた。

「エマさんッ⁉」

異変に気づいた京香が棚の陰から叫ぶ。

露伴は肝《きも》を冷やした。京香が未だに幻影に襲われていないのは、おそらくまだ〈黒い絵〉を直視していないからだ。しかしそれも、この倉庫にいる限りは時間の問題といえる。

露伴の目にはハッキリと映っていた。

倉庫の中の暗闇が——いや、壁を包み込んでいた髪と蜘蛛の群れがだんだん広がり始めている。

もう疑いようもない。倉庫の中に見えたあらゆる〈黒〉、それ自体が〈黒い絵〉の一部であり、露伴たちを取り巻く敵そのものだった。

Z-13倉庫は、すなわち〈黒い蜘蛛の巣〉だ。

露伴は敵の強大さを確信すると共に、一刻の猶予《ゆうよ》もないことを悟った。

京香と、せめてもう一人。

今、救える人数と手段は限られている。

露伴は咄嗟に上着を脱ぐと、頭からすっぽりと覆うようにエマへと被せた。

これ以上〈黒い絵〉を視界に入れぬようにする。苦し紛れの処置だが、今はこれが精一杯だ。

「……泉《いずみ》くん、出ろ」

「えッ!?」

「彼女を連れて外へ出るんだッ！」

　問答をしている暇《ひま》はない。

　露伴は上着を被せたエマごと纏《まと》めて、京香を倉庫の出口へ押し出していく。

「先生――」

　そして、扉を閉めた。

　扉の向こうから露伴を呼ぶ声が聞こえた。しばしの逡巡《しゅんじゅん》ののち、足音が遠ざかっていく。

　――これでいい。

　京香は時に適当なことをするが愚かではない。ただならぬ様子のエマを抱えたまま引き返すようなことはしないだろう。

　彼女たちに続いて自分も逃げ出すことは、露伴にはできなかった。

　扉を背に振り返れば、尚も倉庫の中を蝕《むしば》み続ける蜘蛛の群れ。そしてその災禍の中心にあるのは、壁にかけられた一枚の絵。

　おそらくフェルメールの絵は、この世で最も〈光〉を愛した芸術家の忘れ形見は、簡易的に〈黒い絵〉の蓋《ふた》として機能していたのだろう。

　全容を現した〈黒い絵〉を前にして露伴は一人、暗闇に呟く。

「……これが、モリスが見た黒……〈後悔〉……」

それは悍《おぞ》ましい雰囲気を持ちながら、人を見惚《みと》れさせる力があった。

無数の蜘蛛と黒髪に縁《ふち》どられた一枚の絵は、間違いなく完成された芸術だ。この世のあらゆる絵画より禍々《まがまが》しく、けれど妖《あや》しい美しさを宿してもいる。

宿すベクトルが邪悪であっても、それはダ・ヴィンチの〈モナ・リザ〉やフェルメールの〈真珠の耳飾りの少女〉に通ずる、技術と情念の作品だと確信できる。

なぜそれらの絵画を想起したのか、露伴は自分でよく分かっていた。

〈黒い絵〉の正体は〈肖像画〉だった。

闇よりも黒い顔料で描かれた、見事な黒髪を持つ女の肖像。

この世界で露伴だけは間違いなく、描かれた彼女を知っている。

――これは、奈々瀬の肖像画だ。

露伴は再び倉庫の中を見渡した。

京香とエマはなんとか逃がすことができた。しかし取り残された者たちは、既に〈黒い絵〉の影響下にある。

「……すまなかった、謝る……お前を騙《だま》して利用した……でも、殺す気はなかった！　わざとじゃあ、ないッ……」

辰巳は今もまだ、幻影の中のモリスに襲われている。

ぐったりと床に倒れ込み、もはや抵抗するそぶりもない。ただ力なく幻へ向けて謝罪を繰り返し、徐々に衰弱していってるように見える。

『……は？　何だお前、どこから……ッ！　何なんだよ！　く、来るなあぁああッ！』

ユーゴもついに幻の中に囚《とら》われてしまったようだった。

何もない空間へ向けてナイフを振り回し、壁を斬りつけてそれを取り落とす。

だが無駄だ。謝罪もナイフも意味を持たない。いくら足掻《あが》いても藻掻いても、彼らが目の前のものから逃げられることはない。

そして露伴もその例外ではない。

「…………」

Z‐13倉庫を満たす〈黒〉が、露伴を取り囲んでいる。

今や逃げ場はどこにもない。じきに露伴もそれに触れて彼らの後を追うだろう。

だがその中にあってもまだ、露伴は〈黒い絵〉に向き合おうとしていた。

なぜならこれは、露伴にとってまったくの未知の敵ではない。〈黒い絵〉のことはかつて奈々瀬が教えてくれた。

だからこそ他の誰でもない、岸辺露伴が動く必要がある。

〈黒い絵〉の中に描かれた彼女を見ながら、露伴は記憶からその声を呼び覚ます。

——光を反射する鏡は人を映すけど、〈絶対的な黒〉が映すものは何か。

「……それは……」

不意に、倉庫の中に明かりが増えた。

ユーゴがいつの間にか取り出したライターを点火していた。あれだけ他の人間には危険物の持ち込みを注意していたが、自身は隠し持っていたらしい。

『……ハハ……知ってるよ……昔じいさんちの火事で死んだ……じいさんがトチ狂って油撒《ま》いたから……ギャハハハハハハ！』

ユーゴはますます幻影の中に浸《つ》かりきっている。

彼が見つめる闇の中には、おそらく彼にしか見えない〈誰か〉がいるのだろう。

そう、彼の内側にだけいる〈誰か〉。ジャックも辰巳もエマもユーゴも、余人には見えない〈誰か〉に語りかけていた。

辰巳はモリス、エマはピエールという名を口にして。ユーゴは己の祖父の犯した過《あやま》ちを引きずりながら幻に包まれていった。

この〈黒〉の本質が、露伴にはようやく分かってきた。

「――〈過去〉だ」

明かりは周りにあるものを照らし、鏡はそれを見る人の顔を映す。

光とは現在そこにある実物の形を見せてくれるもの。現実の象徴だ。未来へと進み続ける今を映す、何よりも前向きなもののはずだ。

ならば一切の光を反射しない〈絶対的な黒〉はどうだ。

何も映さない。

そうすれば、人は自分の内側にあるものしか見ることができなくなる。未来へと歩むことはできず、どこへも行けず、後ろ向きに過去と対面するしかない。

その果てに見つけるのは、己《おのれ》の中に刻み込まれた苦い記憶。人は過去に体験した苦さを忘れるから、未来へと生きていくことができる。

だがそれらは消えるわけではなく、心の底に沈んでいるだけだ。

深い深い内面への没入は脳に留《とど》まらず、血脈《けつみゃく》や遺伝子に宿る記憶をも掘り起こす。

幸福な思い出や黄金の夢などではない。

どこまでも後ろ向きな、ドス黒い記憶がもたらすもの。

「自分が犯した〈罪〉……」

例えば、息子を救い出せなかったエマのように。

「そして恐らく……先祖の〈罪〉」

例えば、祖父の乱心が生んだ惨劇に囚われるユーゴのように。

それが彼らに襲い掛かってきたものの正体。

それがモリスが絵の裏に書き残した言葉。

それは――。

「体や血に刻まれた〈後悔〉だ！　〈血の繋がり〉から逃れられる者はいないッ！」

この攻撃の正体を、露伴はついに確信する。

しかしそれは絶望的な真実だ。露伴の想像通りだとすれば、この〈黒〉はあらゆる人類を脅《おびや》かす。人間が時に挫折《ざせつ》と過ちを重ねて生きる限り、そしてその血を連綿と繋ぐ限り、誰であれ〈後悔〉に囚われる。

ジャックも、エマも、ニコラスも、ユーゴも。

「……そして、モリスは――」

きっと、モリスもこの絵を見たのだ。

フェルメールの贋作を仕上げた後。モリスは〈黒い絵〉を目《ま》の当たりにして自分の〈後悔〉を見てしまった。

おそらくは名画の偽物を作り、金儲《もう》けに加担することへの罪の意識。

この倉庫にフェルメールのオリジナルを残したまま、逃げ出すことはできただろう。

しかし一度見てしまった〈後悔〉からは逃れられない。

だから彼は〈Noire〉を描いた。

露伴は思う。

贋作家であれど、きっとモリス・ルグランは本物の絵描きだった。

正気を失いそうな恐怖の中で、モリスは筆を執《と》ったのだろう。それがどれほど悍《おぞ》ましい体験であろうと、絵描きが感情を吐き出せる場所などキャンバスの中にしかない。

彼は〈黒い絵〉に見せられた〈後悔〉を直視しながら、あの絵を描き上げた。

辰巳はモリスを殺すつもりはなかったと言った。たぶん事実なのだろう。モリスが死んだのは、おそらく辰巳の行動の結果ではなく、〈黒い絵〉のせいだ。

オークションから始まった謎の輪郭が、露伴にはようやく見えた気がした。

絵の裏に書かれていた「これはルーヴルで見た黒、そして後悔」という言葉。〈後悔〉とは〈黒い絵〉のもたらす災いのことだった。

「モリスが見た〈後悔〉はそれだ。……それが、ルーヴルの〈黒〉……」

なるほど、この世で最も邪悪な絵と呼ばれるわけだ。

モリスの見た〈後悔〉が彼の死を呼び、それを目の当たりにした辰巳に〈後悔〉を生みつけた。〈後悔〉から生まれる惨劇は別の〈後悔〉へと連鎖していく。

逃れられるわけがない。まして自分だけでなく、先祖の罪にまで遡《さかのぼ》る攻撃。血の因果《いんが》を辿って巡る蜘蛛の毒だ。

改めて露伴は、自身を取り巻くものがどれほどの脅威なのかを理解する。

だがその一方で、頭をもたげる感情もある。

エマは己の不注意が招いた、息子の死を見た。

辰巳は自分が死なせてしまったかもしれない、仲間の死を。

ニコラスは銃を持った何者かを。ユーゴは祖父の乱心が引き起こした犠牲者を。誰もが己の記憶の奥底、遺伝子の片隅に眠る過去を見た。

不意に、胸の奥をくすぐられる感覚が露伴に芽生えた。

「……じゃあ……僕には……」

それは、対処法と言える対処法を思いつかないままの、迂闊《うかつ》な行為だった。

露伴は〈黒い絵〉を見た。見つめてしまった。自ら〈黒〉を招き入れるように。

そうさせたのは結局、今まで何度も露伴を窮地《きゅうち》へ追いやった衝動。だが一方で、岸辺露伴を岸辺露伴たらしめる感情。

ある意味では〈後悔〉以上にこの世で最も危険な毒と言える。歴史の中で数多の人間がその猛毒に殺されてきた。

即《すなわ》ち、それは幼子のようにシンプルな疑問。

「何が――」


――僕には、何が見えるんだ？


漫画家の性《さが》にして、しかし致命的な悪癖《あくへき》。

猫をも殺す〈好奇心〉だ。

「…………！」

そして、それは現れた。

Z－13倉庫に満ち蠢く〈黒〉の奥から、金属が床をこする音が響く。

黒髪と蜘蛛の群れを掻き分けて、輪郭が露わになる。岸辺露伴の〈後悔〉は、男の人影となって姿を見せる。

露伴の頭に最初に生まれたのは戸惑いだった。

知らない。

露伴はこの男のことを知らない。顔は見えないが、それはハッキリと分かる。

服装は和服。風貌を見るにおそらくは〈侍《さむらい》〉。

だがその手が引きずっているのは刀ではなく、木こりの持つような武骨な斧《おの》だ。

「うッ！」

肉を引き裂かれる痛みが露伴を襲う。〈侍〉がその斧を振り回したのだ。

舞い散る飛沫《しぶき》は鮮血の赤ではなく、倉庫を満たすのと同じ、まったくの〈黒〉。だが露伴を苛《さいな》む激痛はとても幻とは思えない。実際には体が傷ついていないとしても、人は痛みだけで死に至る。直撃を受ければ恐らく、それで終わりだ。

漫画家として生きてきた人生のうち、露伴は幾多の奇妙な人物と巡り逢《あ》い、それを己の経験として創作に活かしてきた。

けれど間違いなく、こんな人物に見覚えはない。

しかし聞き覚えはある。

「これは………この〈侍〉は……ッ！」

——あなたは、似ている。

闇の中で思い出すのは、奈々瀬の言葉。

——彼は〈黒〉にこだわってね。理想の顔料を見つけたのだけれど、それはとても大切なご神木からとれるもので……傷つけたら死罪は免《まぬか》れない。……それでも彼は、その〈黒〉を使って絵を描いて――。

「……〈仁左右衛門〉かッ⁉」

そうだ、確かに露伴はその男の名を聞いた。

奈々瀬から聞き、ルーヴルへの旅の中で幾度となく口にした。あの斧はおそらく顔料を手に入れるため神木を伐《き》った斧だ。

「……でも、どうして……⁉」

これでは辻褄《つじつま》が合わない。

〈黒い絵〉の攻撃のルールは〈後悔〉。自分の内側から襲い来るものだ。

それならばなぜ、会ったこともない彼が露伴の前に現れるのか。

確かに露伴は仁左右衛門の物語を聞いた。奈々瀬と過ごした夏の日々には後悔もあったかもしれない。

だが因果としては弱すぎる。

聞かされた話の登場人物が、露伴を殺すほどの呪いとなるのは不自然だ。それほどの〈後悔〉を露伴は仁左右衛門に感じていない。

そんな困惑などお構いなしに、仁左右衛門と思《おぼ》しき〈侍〉は斧を振り下ろしてくる。

「くッ！」

躱《かわ》せど躱せど、痛みは走る。体ではなく魂を切り刻まれているかのように。

暗い密室でそれを避け続けるのは現実的ではない。蜘蛛は倉庫の中へ満ち、今もって辰巳とユーゴは自身の〈後悔〉に襲われている。

――地獄だ。

そんな印象が言葉として浮かぶ。光も届かぬ地の底で、血脈の罪、犯したことの後悔と向き合いながら苦しみ続ける。露伴はあの世を見たことはない。だが罪人が落ちる場所を地獄と呼ぶならばこんなに相応《ふさわ》しい状況はない。

〈黒い絵〉とはそれを見た人間を含めて完成する〈地獄絵図〉という絵画。

罪のない人間などいない。この地獄からは誰も逃げられない。

――いや。

しかし露伴は違う。ここが地獄だというのなら、彼だけは持っている。

他の誰も持ちえない〈天国への扉の鍵〉を。

「ヘブンズ・ドア――――ッ！」

露伴は〈侍〉へ向けて、その扉を開く。

罪や後悔が過去から襲ってくるものなら、それを読み解くのが露伴の力。過去を閲覧《えつらん》することで未来へと向かう、それがヘブンズ・ドアーという天与のギフト。

岸辺露伴にはそれがある。

理由が分からないのならば読んでやればいい。逃れられないのならば書き換えてやればいい。見て、読み、知ることが人を未来へと進めていく。

露伴は今までもそうしてきたし、これからもそうしていく。

仁左右衛門の顔に切れ目が走り、パラパラと本のように開いていく。

——読んでやる。仁左右衛門、なぜ彼が僕の前に現れたのか。

今や仁左右衛門は露伴に読まれる本と化した。

そして開かれたそのページには■■■■■■■■■■■■■■■■■■■■■■■■■
■■■■■■■■■■■■■■■■■■■■■■■■■■■■■■■■■■■■■■■
■■■■■■■■■■■■■■■■■■■■■■■■■■■■■■■■■■■■■■■
————……。


「……な……」

見た。

露伴は確かに彼の中を見た。その記憶を本にして読んだ。

だが、そこには〈黒〉。

一切の〈黒〉しかない。読める文字も、書き込める余白も何もない。山村仁左右衛門には記憶も人生も人間性もない。これから綴《つづ》られていくページすらも。

つまりこういうことだ。

「……彼は死んでいるッ！　書き込めないッ！」

露伴は思い知った。

襲い来る〈過去〉とは、〈後悔〉とは取り返しのつかないもの。エマにとっての息子のように、辰巳にとってのモリスのように、それがなぜ恐ろしいのか今になって悟った。

死者だ。それも怨念となって迷い出た魂ではなく、生者の記憶の中に住まう死者。それはもうこの世には存在しない、見えてはいても、いない者。

どれほど悔い改めても生者の手は届かない。

「あ……ううあっ」

背に当たる感触で、露伴は自分が壁際《かべぎわ》にいることを知った。仁左右衛門は斧を手に携《たずさ》えて迫ってくる。もう逃げ場などどこにもない。

己の内から迫ってくる取り返しのつかない〈後悔〉からなど、逃げられるわけがない。

「……だめだッ！　逃れられない……この絵は邪悪で、強すぎるッ！」

じりじりと迫る熱があった。

露伴はもう一つ気がついた。暗闇に閉ざされた倉庫にしては、先ほどよりもハッキリと仁左右衛門の姿が見えている。

炎だ。

倉庫の中に炎が広がっている。だがそれは闇を掃《はら》う光ではなく、影をより深く強調する絶望の明かりだ。

燃えているのはユーゴ。彼はライターを持っていた。幻影の中で炎に包まれるうちに自分自身に火を放ったのだろう。それが〈後悔〉の末に描かれた彼の最期《さいご》になった。

熱が露伴の肌を焙《あぶ》り、立ち込める煙が喉《のど》を焼く。

罪を裁くようなその業火《ごうか》に照らされて、影はより一層濃く、黒くなる。くっきりと浮かび上がった陰影が、斧を持った仁左右衛門を映し出す。

逃れられない。誰もその〈過去〉からは、血に刻まれた〈後悔〉からは逃れられない。

もはや成す術は何もないのか。

いや、そうではない。答えは全てルールの中にあるはずだ。

襲ってくるのが〈過去〉ならば、血脈を辿ってまで攻撃してくる罪だというのならば、それを断ち切れば道はある。

「……断ち切らなければッ！　自分を、過去から……ッ！」

だが、どうやって？

ヘブンズ・ドアーは自分自身にも干渉《かんしょう》できる。

しかし無敵ではない。自分の遠い記憶や運命、そういったものを瞬時に読み解くことは難しい。さらに露伴の中に仁左右衛門が襲ってくる理由が書かれていたとして、ピンポイントでそれを断ち切るには何と書けばいいのか。

迷っている暇はない。

露伴は自分自身に対してヘブンズ・ドアーを使うべく、その手を掲げる。

だが遅かった。仁左右衛門は既に斧を振り上げている。

露伴の手の速度ならば、斧よりも先に自分のページに命令を書き込むことはできるだろう。だが書くことが見つからない。答えが出ない。動かないのではなく動けない。

間に合わない。

確実な死の気配が、露伴を襲った。

「……────ッ」

けれど、そうはならなかった。

「……？」

仁左右衛門の斧は、露伴には届いていなかった。

露伴には見えた。Z-13倉庫を取り囲む無数の〈黒〉。人間を蝕み襲う邪悪な〈黒い蜘蛛〉の群れの中で、それが見えた。

ずっと見えていたはずだ。倉庫を黒く染めていたのは〈蜘蛛〉だけではなかった。

忘れるわけもない。あの夏に見た黒髪。

暗く深く、けれどどこの世のどんな黒よりも輝くような〈黒〉。

——奈々瀬。

仁左右衛門の背後に彼女がいた。

あたかも彼を抱きしめるように、その体を押さえる奈々瀬の姿が。

まるで蜘蛛の巣のように広がっていた黒髪。〈黒い絵〉に描かれていた肖像。倉庫を染めていたのは、邪悪な〈黒〉だけではなかった。

彼女はずっと、ここにいた。

「……」

奈々瀬の唇が言葉を紡《つむ》ぐ。

その光景を露伴は覚えている。

デスクで微睡《まどろ》みに落ちたときに見た不思議な夢。今になって表れた奈々瀬の記憶。

夢の中の奈々瀬はずっと露伴へと語り掛けていた。その言葉を露伴は聞き取ることができなかった。

今なら分かる。こんなに近くで、はっきりと聞こえる。

奈々瀬はずっと教えてくれていたのだ。それは後ろ向きな懇願《こんがん》ではない。あの夢の中でも、あの夏の日々も、奈々瀬はずっと導いていてくれた。

〈後悔〉を断ち切るその方法を。


――何もかも、全て忘れて。


「……ッ！」

今、露伴は自分のやるべきことを完全に悟った。

ヘブンズ・ドアーの使い方を理解した。

だがそれは恐ろしい行為だ。あらゆる人間が忌避《きひ》して然《しか》るべきことだ。露伴も今に至るまでヘブンズ・ドアーをそんなふうに使ったことはない。

血脈に根付いた〈後悔〉を断ち切るには、自分自身の全てを切らねばならない。今まで露伴を形作ってきた一切合切を切り捨てることでしか成し得ない。前例もなければ成功する保証もない、土壇場の賭けに違いない。

けれど、やるのだ。もう迷っている猶予《ゆうよ》はない。

立ち向かうと決めたのなら平気なはずだ。今まで積み重ねてきた経験や知識、その全部を失ったとしても。忘却の空白へとその身を投げ出したとしても。

たとえこのギフトすら消えても構わない。

ありとあらゆる能力と経験を忘れても。

この魂に刻まれた、〈岸辺露伴〉は動かない。

露伴は体に纏わりつく〈黒〉をインクのように指に取り、唱えた。

「――ヘブンズ・ドアー」

心の扉は覚悟と共に開き、露伴の顔が、肌が本のようにめくれていく。

書き込む命令はこうだ。


記憶を全て消す。


「――――ッ！」

消えていく。

全ての過去が消えていく。

仁左右衛門も奈々瀬も消えていく。しがらみも拘《こだわ》りも失せていく。

勇気も恐怖も、幸福も後悔も、その記憶に刻まれたあらゆるものが消えて、露伴の頁《ページ》が空白になる。

それは〈黒い絵〉に唯一対抗できるもの。

新品のキャンバスのように、何も描かれていない〈白い頁〉。

こうして全ての頁から文字が消え去った後。

そこにはまっさらな自分だけが残っていた。


最初に見えたのは炎だった。

肌を焙る熱さに、それが自分を脅かすものだと分かった。幸いに炎が明かりになっていたから、出口の扉はすぐに分かった。

扉を開いて這い出せば、螺旋階段が上へと続いている。

どこへ向かうのかは知らない。けれど熱いのは嫌だったし、死にたくはなかったからそれを昇った。壁や床はヒヤリとして、なんだか不潔な感じがする。

途中、黒い糸や小さな生き物が下っていった。それらのことはよく知らなかった。けれど下は熱いのだから、構わないほうがいいと思った。

昇った。昇った。とにかく昇った。

何も分からないのだから、下ではなく上へ向かうべきだと思った。何か正しく前向きなほうへと進んでいきたかった。

ふと、自分の腕に何か書いてあることに気づいた。

——顔の文字をこすれ。

誰が書いたのだろう。

あまり疑う気がしなかった。顔を触ってみると、妙な感触がした。パラパラと本みたいにめくれるようだ。

とりあえずそこをこすってみると、黒いインクのようなものが剝がれ落ち——。

そして、岸辺露伴は何もかも思い出した。

「……ハァッ」

ヘブンズ・ドアーによってあらゆる記憶は消えたが、〈記憶を全て消し、外へ出る〉という命令文だけは残っていたわけだ。

それを拭《ぬぐ》うことで命令の効果はなくなり、記憶も戻った。

どうやら上手《うま》くいったらしい。しかし、かなり大胆な賭けではあった。一時的にとはいえ自分自身の全部を手放すのだから。

「…………」

そうしなければ何もかも終わっていたのだから、本当に恐ろしい敵だった。

精神的にも肉体的にも、極度の疲れがある。露伴は床に手をつき、深く深く呼吸した。

ふと、その手に小さな影が近づいて、煙のように消えた。

あれはたぶん、最後の〈黒い蜘蛛〉だった。


明け方を迎えるパリの空は、薄紫のグラデーションを見せつつある。

もうじき新しい太陽が、今日の光を届けに来る。それは嬉しくとも悲しくとも、今を生きる限り等しく降り注ぐ。

ルーヴル美術館の外、京香はエマと共に座り込んでいた。

「……ピエール……」

新たな日の出が訪れても、彼女はそれを見ていない。

未だ暗い〈後悔〉の闇が、エマの視界を遮っているようだ。その隣に寄り添いながら、京香は彼女の呟《つぶや》きを聞いていた。

「……エマさん」

ためらいはそれほど長くはなかった。

京香はそっと腕を回し、エマの肩を抱きしめる。内側から襲ってくる〈後悔〉は他人には見えない。けれど外から寄り添って、声をかけることはできる。

「ピエールくんがもし見えたとしても……それは絶対、エマさんを責めるためじゃないと思いますよ？」

「……」

「ただ……」

京香は持っていたスマホに視線を落とす。

生者が死者に声を届けることはできない。逆もまた同じだ。生者に声をかけられるのは同じ太陽の下で生きる者だけだ。

けれど、想うことはできてもいいはずだ。

死者と生者の間にも、たぶん消えないものがある。

「ただちょっと、傍《そば》にいたかったんじゃないかなぁ」

「……」

「私も、そんな感じでパリに来たかった、っていうか……」

「……？」

エマの視線が、ようやく京香へと向く。

京香はポケットから一枚の写真を取り出した。

少し古ぼけた写真。

ガラス張りのルーヴル・ピラミッドの前で、ポーズを取った男性が写っている。

それは〈過去〉。エマや辰巳を襲ったのもまた〈過去〉だった。

しかし京香はそこに写る〈過去〉を見つめながら、愛《いと》おしげに目を細める。

「父なんですけど……五歳の時に亡くなっちゃって」

エマの目が見開かれた。

京香は気にしない。だって、これは悲しい写真なんかではないのだから。

「旅行が好きだったらしいんですよね。で……エマさんに撮ってもらったのが、これ」

その写真に並べるように、京香はスマホを掲げる。

スマホの画面に映るのは、ルーヴルに着いたばかりでエマに撮影を頼んだ画像。

フィルムの写真と、スマホのフォトアルバム。

時を隔《へだ》てた二つの写真は、けれど仲睦《むつ》まじそうに似たポーズで並ぶ。

「ちょっと近くにいた感じしますもん」

過去と今は交わらない。けれど、確かに繋がっている。

言葉は聞けないし手は触れられないけど、親子なんだと感じられる。

「……なんか似てるなぁ。フフッ」

「…………」

京香も決して口が上手いわけではない。どれほどのことを伝えられたかは分からない。

ただエマの瞳からは、大粒の涙が零れた。

京香はそっとその肩を抱く。

遠くからはサイレンの音が近づいてくる。大方、露伴を残してきた倉庫ではあの後大変なことがあったのだろう。けれど露伴のことだから、多分大丈夫なのだと思う。

京香は微笑む。

過去が断ち切れないものならば、それだけ傍にいてくれる。

そんな人生を愛おしみながら、京香は今日も生きている。


「なんか、地下室にガスが溜まってたせいで私たち、みんな幻覚見ちゃったってことみたいですねえ〜〜」

「……閉め切った古い空間だからな」

翌日。

ルーヴル美術館の取材が初日で終わったものだから、空いた日程くらいパリ観光に使おうと訪れたカフェで、京香はまるで世間話のようにそう言った。

地下だったので火の手は広がらなかったが、ルーヴル美術館の倉庫で火災が起きてはまったく世間に隠すということもできない。まして名画を狙う窃盗グループが関わっていたのだ。

ただ〈黒い絵〉やヘブンズ・ドアーのことを抜かして辻褄を合わせると、どうもリアリティのない作り話がでっちあげられる。

仕方のないことではあると納得しながら、露伴は話を合わせたわけだ。

「でも、幻覚であんなひどいことになります？　もうみんなパニックでしたよ？」

「幻覚を見てお互いを攻撃するのはよくあることだ。何しろ幻覚だからな」

適当なことを言いながら露伴はカップに口をつける。

せっかくパリでのティータイムなのだから、幻覚幻覚と連呼する話題も風情《ふぜい》がない。しばし首をかしげていた京香も、とりあえずそれ以上は考えるのをやめたらしい。

「まぁ、そのおかげで名画のすり替えが分かったのはよかったですよねえ。あの倉庫も完全に封鎖されたみたいですよ？」

「……」

あの後、消火活動に入った倉庫の中で何があったのかは、露伴は詳しく知らない。

ただあの中にはフェルメールの真作と〈黒い絵〉があった。前者は回収されたかもしれないが、後者はどうだろうか。

「それに、知ってました？　今ルーヴル美術館にある美術品、ぜぇ～～んぶネットで見られるんですって、タダで！　データベースで管理もしっかりしてるし、もう失《な》くなったり忘れられたりしませんねッ」

「……どうかな」

そのあたりで話題を切り上げて、露伴は席を立った。

ゆっくり味わっていたカップの中もとうに空。あまり長居をするのは無粋《ぶすい》というものだろう。

慌ててついてくる京香を伴って、露伴はもう一度ルーヴルへと足を延ばすことにした。


「二〇一六年、モネの〈睡蓮《すいれん》、柳の反映〉という幻の作品がルーヴルで発見されている」

「えっ」

「どこのリストにも載《の》らずに、忘れられていたんだ」

そう語り、露伴は再びルーヴル美術館の正面に立った。

美術館と呼ぶにはあまりに荘厳《そうごん》なその威容。

フランス国王フィリップ二世の城塞としてこの世に姿を現したこの建物は、八百年以上の歴史をここで見つめてきた。

シャルル五世の時代には王宮として華やかな改築を受け、しかしパリはその後、百年戦争の動乱に荒れ果てる。それからルネサンスの興《おこ》りと共にフランソワ一世のもとで再興されるも宗教戦争の煽《あお》りで改築は進まず、アンリ四世の時代にようやく大拡張計画が。

そしてルイ一三世、ルイ一四世と世代が進み宮廷がヴェルサイユに移ると、王族のいなくなったルーヴル宮殿は芸術家たちの宮殿（アトリエ）となった。

やがてフランス革命の頃には、ルーブル宮はとうとう大衆に開かれた美術館へ。ルイ一六世の投獄と共にルーヴル所蔵のコレクションは国有財産へ。

かのナポレオン一世の時代には彼の名を冠した美術館となり、第一帝政期、第二帝政期を経《へ》て、この宮殿には他国を含めた数多の美術品が集《つど》っていく。

しかし第二次世界大戦中には、戦火の手から逃れるべくルーヴル美術館からは収蔵品の大規模な疎開が行われ、一時この宮殿から一切の美術品が消えた。

フランスの栄華と苦難。人類の欲望と動乱。

その激動の時代を生き抜いた王たちと、人生を筆や鑿《のみ》にかけた芸術家。そしてそれを守り通してきたキュレーターたちの想いを抱くこの美術館の全容は、データなどに収まるものではないのかもしれない。

「……人間の手に負える美術館じゃあない、そんな気がするね」

「ふぅーん……」

ルーヴル美術館の積み重ねてきた歴史はあまりに大きく、深い。

本当に底知れない奇妙な物は、〈黒い絵〉ではなくこの美術館だったのかもしれない。

とはいえ、今回の目的は果たした。

興味深い美術館ではあるが、たった数日の滞在で全てを暴けるほど、ルーヴルの抱く神秘は容易《たやす》くない。

露伴は踵《きびす》を返して歩きだす。今回の旅はここまでだ。少なくともあの〈黒い絵〉にまつわる惨劇は、これ以上起こらないと思いたい。

「そういえば、綺麗な人でしたね」

後ろをついてくる京香がそう声をかけて、露伴は首をかしげた。

京香はやっぱり世間話のように、いつもの軽い調子で話を続ける。

「あの絵の女の人ですよ」

「ああ……」

あんまり何げなく話してくるから、普通に聞いてしまった。

ふと、露伴は気づいた。

「泉くん、君……見たのか⁉」

「倉庫出るときにチラッと」

「……それで、何ともなかったのか……」

「はい？」

参った。その瞬間だけ、露伴は本気でそう思った。

露伴があれほど必死で自分の全てを切り捨てたというのに、泉京香という人間には、命を脅かすほど恐れる〈後悔〉はなかったということか。

まるでまっさらで純粋な、白いキャンバスのように。

「ときどき本気で感心するよ」

「え、どこにですか?」

「そういうところだ」

「そういうところォ……?」

セーヌ川を吹き抜ける夏の風は、帰り路《みち》の二人を爽《さわ》やかに撫《な》でてゆく。

パリの太陽は柔らかに、今日も人々を照らしている。


ここまでが、このたびルーヴル美術館で巻き起こった物語。

今を生きた人々に降りかかり、いずれは未来へと続いていく物語。

光の当たる話はここでひとまず終わる。ここから先はひとたび影へと潜《もぐ》る。

語られるのは〈過去〉だ。

それはもう終わった話。ルーヴル美術館の作品たちのように人々に公表もされず、ひっそりと影の中へ完結する物語。

だが露伴にとってはきっっと〈後悔〉に決着をつける物語となる。

「……」

そこはもうパリではない。

日本の東北地方。小さな村の寂しげな墓前に露伴はいた。

整備された墓地ではなく、訪れる人も他にはいない。

「やっと見つけたよ」

だから背後にある気配が〈彼女〉であることが、見ずとも露伴には分かっていた。

まるで露伴自身の影のように、奈々瀬はそこにいた。

「……ごめんなさい。ああするしかなかったの……〈あの人〉を止めて、全てを終わらせるには」

露伴は振り返る。

あの遠い夏の日、そしておぼろげな夢と幻の中で見た彼女は、確かにこの瞬間、露伴の目の前にいた。もう二度と触れることができないとすら思ったその姿は今、手を伸ばせば届く距離にある。
だから、今なのだろう。
あの夏にやり残したこと。
いや、あるいは読み残したページを繙《ひもと》くのは。
「あの時は……読めなかった」
露伴はゆっくりと、その手を伸ばす。
だが奈々瀬には届かない。きっとそれが彼女と露伴を隔《へだ》てる絶対の壁なのだろう。
生者の手が絶対に届かない距離に彼女はいる。
しかし、奈々瀬のほうから手を伸ばせば――届く。
愛おしむように、慈《いつく》しむように、奈々瀬は露伴の手を自分の頬へと添えた。
この世に生きるままでは決して届かないその場所。
天国の扉に、露伴は触れる。

「ヘブンズ・ドアー」

奈々瀬の体が本になっていく。

そこに刻まれた記憶が、彼女の〈後悔〉が露わになる。

かつて、してはならないと思ったこと。彼女の心に踏み込んでいくこと。

今だからこそ露伴は知るべきことだと分かる。

そこに記された記憶を読み上げる。

「……八月吉日。わたくしは代々、藩の御用絵師を務める山村家へ嫁《とつ》ぎ――……」

終章

――絵画とは、すべて犠牲と決断である。
フランシスコ・デ・ゴヤ（1746～1828）

八月吉日。わたくしは代々、藩の御用絵師を務める山村《やまむら》家へ嫁《とつ》ぎ、ご嫡男《ちゃくなん》、仁左衛門《にざえもん》の妻となりました。

幸福な縁談だったと思います。

わたくしがそっと見つめれば、仁左衛門様も見つめ返してくれる。そうして不意にどちらからともなく笑う、その春の日差しのような日々が幸せでした。

あの方はわたくしの髪が好きだと言ってくれました。

わたくしが洗った髪を梳《す》いていると、彼は楽しげにその様子を眺めているのです。彼の目に気づき、やめようとすれば「そのまま」と……。

彼はわたくしを、とりわけわたくしの髪を絵に描いてくださいました。

御用絵師の身分であるあの方の絵筆が、それは艶《つや》やかに滑《すべ》らかにわたくしの髪を描くのです。絵を描くことこそが彼の愛情でした。

御用絵師の家系のゆえか、仁左右衛門様は絵を描くことにおいて並々ならぬ思いをお持ちでした。

時折、仁左右衛門様は描いた絵をわたくしに見せてくださいました。

妻とはいえ、素人《しろうと》のわたくしに「奈々瀬《ななせ》、どう思う」と尋《たず》ねられるので、わたくしは遠慮がちに「さぁ、わたくしは絵のことはあまり、分かりませぬので」と答えます。

すると彼は「いや、好き嫌いぐらい言えるだろう、どうだ」と。

わたくしは瞬《まばた》きの間ほど悩みましたが、夫婦なのですから世辞も水臭《みずくさ》く、感じたままに申しました。

「正直に申し上げれば、いい絵とは思えませせぬ」

気を悪くすることはありませんでした。彼は「お前はそういうところがいい。これはな、江戸遊学の折に見た、蘭画《らんが》の真似だ」と教えてくださいました。

心の底から、絵がお好きな方だったのです。

仁左右衛門様は、流派とは異なる絵や町人が好む浮世絵のようなものも構わず描かれました。しかし御用絵師を継ぐ者として、それは許されぬことでした。

ある時、お父上の厳しいお叱《しか》りがありました。

しかし仁左右衛門様は「私は恥ずべき絵を描いているとは思いませぬ」と仰《おつしや》いましたから、彼はお父上の怒りを買いました。

「やめぬなら当家には置いておけぬぞ」

「結構にございます」

そうして仁左右衛門様とわたくしは、山村家を出ました。

菩提寺《ぼだいじ》のご住職のお慈悲で、寺の一隅《いちぐう》にある庵《いおり》に移り住み、仁左右衛門様はそこでも絵を描かれる日々を過ごしました。

御用絵師という身分は失えど、そこでの日々もまた幸いであったのでしょう。

仁左右衛門様は顔なじみの商人に襖絵《ふすまえ》や屏風絵《びょうぶえ》などを描いて生業《なりわい》とし、そうでなければ好きなものを描く。わたくしはその傍《かたわ》らで家のことを行い、絵を描く仁左右衛門様の横顔を眺めて過ごす。

静かで穏やかな暮らしでした。

日々食べ、屋根の下で眠り、仁左右衛門様と見つめ合い、ときに微笑み合う。足りぬものなど何もなかったのです。

しかし深い慕情《ぼじょう》も過ぎれば、滲《にじ》ませすぎた墨が紙を脆《もろ》くするのにも似た道理なのでしょうか。あるいはあの穏やかな日々に、既《すで》にあったほつれのせいなのでしょうか。

ある日、仁左右衛門様がこう仰いました。

「やはり駄目だ。お前の黒髪を写せる黒がない」

わたくしは何がご不満なのか分かりかねました。絵のことなど分かりませぬし、黒は黒なのですから。何より仁左右衛門様はわたくしを愛《いと》おしんで描いてくださいます。

「この間買い求めた墨は」

そうわたくしが尋ねると仁左右衛門様は首を横に振り「もっと黒い、吸い込まれるような黒なのだよ、私が欲しいのは」と仰るのです。

そのような色をしておりますか、わたくしの髪は。

そう口にしようとしたとき、体から血の気《け》が引いてゆきました。骨身から魂が抜けるような心地悪さと共に、体のどこにも力が入らなくなったのです。

「奈々瀬、どうした。奈々瀬！」仁左右衛門様のそう叫ぶ声が聞こえても、手にも足にも精気が通わず、わたくしは倒れたままでした。

仁左右衛門様との日々は、足るを知っておりました。

鳥の歌うように絵を描きたいままに描き、飢えを凌《しの》ぐだけの扶持《ふち》を稼《かせ》ぎ、家族笑って穏やかに朝日を拝《おが》む。それだけでよかったのです。

わたくしの病《やまい》が、全てを変えてしまいました。

それからというもの、仁左右衛門様の笑顔には切なさが混じるようになりました。わたくしを慰《なぐさ》めようと浮かべる笑顔になったからです。

わたくしの病は一向によくはなりませんでした。

仁左右衛門様は日々懊悩《おうのう》していたことでしょう。絵を描いて気晴らしにできればよかったものの、あの方は何よりわたくしを愛してくださっておりました。

わずかな蓄えも医者代と薬代に消え、思いあまった仁左右衛門様は恥を忍んでお父上のもとに勘当《かんどう》の帳消しを願いに行ったのです。

「よかろう。この家に戻りたくば、わしを凌ぐ絵を描いてみせよ」

仁左右衛門様はお父上にそう言われ、承知しました。

あの方にとって、絵は楽しみで描くものではなくなってしまったのです。鬼気迫る様子で絵筆を走らせる仁左右衛門様を、わたくしは病の床《とこ》に臥《ふ》せりながら見ておりました。

この世にはあらゆる儚《はかな》さがありますが、病はとりわけ無情なものです。

仁左右衛門様がどれほどわたくしを慈《いつく》しめど、何より愛する絵すらも私を救う手立てとして使えど、病魔はわたくしの体を蝕《むしば》んでゆきます。

病よりも、仁左右衛門様があのような顔で絵を描くことが、わたくしの胸を締め付けていました。

瘦《や》せた体を引きずって、わたくしは菩提寺に参りました。

医者も薬も用を成さず、もはや神仏に祈る他なかったのです。楽しみの絵までもわたくしを救う手立てにしてしまっているあの方が、不憫《ふびん》でなりませんでしたから。

そうして縋《すが》る想いで神仏に祈っていたある日。

わたくしは〈それ〉を見つけました。

寺にあるご神木から流れている樹液が、吸い込まれるように黒いのです。

仁左右衛門様は黒を求めておりました。そのご神木から流れ出す黒は、辛苦《しんく》にあえぐ仁左右衛門様を助けたいという祈りが通じたのかもしれないと思いました。

それを集めて仁左右衛門様にお渡ししたところ、たいそうお喜びになられました。

「これこそ求めていた黒だ！　どこで見つけた！」

わたくしはご神木からとは言えず、仁左右衛門様にはごまかしながら、足りなくなればまた集めに行くようになりました。

仁左右衛門様が納得のゆく絵を描いてくださることだけが、わたくしには何よりの喜びでした。ようやく求めていた黒い色を見つけた仁左右衛門様に、わたくしもその時は微《かす》かに救われた気持ちになりました。

思えばそれが間違いだったのです。

わたくしは病の身です。都度《つど》ご神木のもとへと通っていれば、仁左右衛門様に突き止められるのは無理からぬことでした。

ある日、ご神木の下で樹液を集めていたところ「ここであったか」と仁左右衛門様の声が聞こえてきました。

後をつけられてしまったのです。仁左右衛門様にやましいことをしていたわけではありませんが、神木の樹液を集めるというのは何か禁忌《きんき》を犯しているようで、ならばわたくしは自分だけがそれを行おうと思っていたのです。

「今後は私がとる、お前は寝ていなさい」

仁左右衛門様はそう仰いました。病《や》んだ身を気遣《きづか》っての言葉ですから、わたくしもそれを突っぱねることはできませんでした。

けれど樹液を集めるあの方の姿に、そら恐ろしいものを感じてもいました。

仁左右衛門様はご神木の黒を使うようになってから、どこか取り憑《つ》かれたような様子になっておりました。

わたくしはお渡しするのではなかったと悔やみ始めていたのです。

しかし時既に遅く、ご神木の樹液を集める仁左右衛門様のお姿は、わたくし以外の者にも見つかってしまいました。

勘当となった兄の代わりに山村のお家をお継ぎになるおつもりだった弟の左馬助《さまのすけ》様が、奉行所に訴えを起こしたのです。

◈

──山村仁左右衛門。由緒《ゆいしょ》正しきご神木を傷つけるは不届き千万である。

お役人様方はそのような罪状で、仁左右衛門様を取り押さえました。

あの樹液は汗のごとく勝手にご神木から染《し》み出したものです。

もちろん仁左右衛門様は「傷などつけておりませぬ、樹液を集めただけです」と言い返しましたが、「黙れ、触れるだけでも恐れ多い」とお役人様方は聞く耳を持ちません。

わたくしはもう耐えかねました。仁左右衛門様に降り掛かる不幸、わたくしが招いた不幸であの方が苦しむのは見ておられませんでした。

お役人様の足に縋りつき、わたくしは全てを明かしました。

「お待ちください、わたくしです！　全てわたくしがやったことにございます、夫は関わりありませぬ！」

「奈々瀬、よせ！」仁左右衛門様の声が聞こえます。

けれどよすわけには参りませんでした。わたくしの見つけたあの黒で、仁左右衛門様を罪人にはできませんでした。

わたくしは必死にお役人様に縋り続けました。

衰《おとろ》えた腕の力でもって目一杯、仁左右衛門様を痛めつける方を退《ど》けようと摑んでおりました。この命の灯《ひ》削ってでも、仁左右衛門様だけは救わねばならないと。

「放せ、御用の邪魔をするな！」

そう聞こえたとき、雷の落ちたような何かが私の体を打ちました。息が止まり、次に熱を感じました。じんじんと鈍《にぶ》い痺《しび》れがわたくしに染みてゆきます。

棒で打ち据えられたと気づいたときには、もう手に力が入りませんでした。

病んだ身の残り滓《かす》のような力を絞り出して縋っていたのです。それっきり、わたくしにはもう振り絞れるほどの気力もなくなっていました。

地へと倒れながら、「奈々瀬！」と叫ぶ仁左右衛門様の声が聞こえました。

おまえさま。仁左右衛門様。呼び返そうとするも声さえ出せません。

仁左右衛門様は遮二無二《しゃにむに》お役人様の手を振り払い、わたくしのもとへ駆け寄ってくださいました。けれどもうわたくしは、指の一本すらも動かせませんでした。

「奈々瀬……」力ない声が籠《こ》もって聞こえます。

けれどもう応《こた》えられないのです。せめてその時あの方に、おまえさまだけでもどうか幸せに、今まで通り絵を描いて生き続けてくださいと伝えられれば。

薄く開けた目蓋《まぶた》、掠《かす》れる視界の向こうで、仁左右衛門様が斧《おの》を手にするのが見えました。

「おのれ」

そう聞こえた時、私はまたも間違いを悟りました。

仁左右衛門様の斧は、お役人様方の体へと振り下ろされておりました。

◈

外へ飛び出した仁左右衛門様が帰ってきたとき、その手には今までに見たことがないほどの黒い樹液が掻き集められておりました。

ご神木に斧を入れたのだとすぐに分かりました。

恐ろしいことです。人に対しても神仏に対しても、仁左右衛門様は本当に罪を犯してしまいました。

それから仁左右衛門様は、わたくしの傍らに寄り添いながら、絵を描き始めました。

とうにわたくしに命はないはずでした。

しかしわたくしの悔いが、この世にわたくしを縛り付けていたのでしょう。わたくしはあの方が絵を描く様を、じっと見つめ続けたのです。

不意に仁左右衛門さまの指先から、あの黒い色が一粒、滴《したた》り落ちました。

その黒の正体がなんであるか、その時になってわたくしには見えました。

あれは、小さな黒い蜘蛛《くも》でした。

何百年も何千年も、ご神木の闇の中にあった黒い色を作ったものの正体でした。

やがて仁左右衛門様は絵を描き上げました。それは凄《すさ》まじい速さで、人間業《わざ》をはるかに超えたことでしたから、それであの方も命を燃やし尽くしました。

仁左右衛門様は、わたくしと寄り添うようにして事切れました。

悲しみと怒りと、わたくしたちの後悔を包み込んだ黒は、より濃く、深く、暗さを増して絵の中に染み込んでいきました。

仁左右衛門様の怨念と共に。

そしてそれからずっと、人を後悔と罪の念で殺す〈黒い絵〉となりました。

わたくしもまた、そこから離れることはできず――。

◈

「――いつか止めてほしい。そう思い続けて……」

そう言って、奈々瀬は墓前へと屈《かが》んだ。

それからその手に持っていた、黒い絵の切れ端を墓前へと供えた。そして視線を露伴《ろはん》へと向け、もう一つ己の罪を悔いた。

「あなたを巻き込んでしまった。ごめんなさい、本当に……」

「……いや。あの夏も、僕にとって必要な過去の一つだ」

それは何の偽《いつわ》りもない、露伴の言葉だった。

吹き抜ける風は少し涼しく、もうじき訪れる秋の香りがする。木々の緑も淡くなり始めている。夏が終わろうとしていた。

季節は移り、日々は巡る。

緑はやがて紅《くれない》や黄に染まりその葉を落とす。人々は別れと過去を乗り越えて、時計の針は淡々と右へ回り続ける。

露伴の能力はヘブンズ・ドアー。

自分の遠い記憶と、運命は読めない。

けれど、通り過ぎたとしても過去は今へと繋がっている。

それは自分の中に綴《つづ》られて、また記憶の一ページとなっていく。思い出という栞《しおり》さえ挟んでおけば、それはいつだって読み返せる。

「二度と、忘れない」

万感の思いを込めて露伴は言う。

それが最後に交わせる言葉だと知って。

奈々瀬の手が露伴へと伸びる。

それが別れの合図だったのだろう。

頰に触れた彼女の掌《てのひら》は、あの夏の香りがした。

そして瞬《まばた》きをした次の瞬間、彼女はもう露伴の前にはいなかった。

「…………」

今なら露伴にも分かる。なぜ彼女はあの時、露伴の絵をズタズタに切り裂いたのか。

もしそうしていなかったら、きっとあの夏の〈慕情〉が〈後悔〉となって露伴の前に現れて、抜け出せなかったかもしれない。

あの夏、露伴は〈黒い色〉を突き詰める目的を持って奈々瀬を描いた。

あれは山村仁左右衛門をなぞるような行為だったから。

──あなたは似ている。

その言葉を思い出しながら、露伴は二つ寄り添った墓石を見つめた。

刻まれている名は、山村仁左右衛門。

それに、山村奈々瀬。

そして──。

「……山村奈々瀬。生まれた家の姓は、〈岸辺《きしべ》〉……──」

ルーヴル美術館の抱える神秘は深い。

Z-13倉庫は、今もあの底知れない美術館の下にあるのだろうか。これからそれが表に出てくることはないだろう。

だけど確かなことがある。

襲い掛かる〈先祖の罪〉や〈後悔〉。それで仁左右衛門が露伴の前に現れたこと。そしてヘブンズ・ドアーで露伴が己《おのれ》の過去を一度消し去ったこと。

黒い絵に込められた怨念を一度白紙に戻すのは、露伴でなければならなかった。

あの黒い絵が完全に消滅したのかどうか、それは分からない。

だが、封じ込められた二人は彼女の望み通り、もうきっと離れることはないはずだ。

露伴は天を仰《あお》ぐ。

空が高い。

抜けるような青色の先に、星々を抱く広大な闇がある。

けれど彼女の声はもう、星よりも遠くはない。

その体に受け継がれた岸辺の血が巡り、露伴の足は歩きだす。

それから

「こんにちはぁ〜〜〜〜っ！」

書斎の扉を開ける担当編集の声は、相も変わらず明るく呑気《のんき》だ。

ルーヴル美術館の現地取材より数日が経《た》った。それぞれの生活は日常に戻り、露伴《ろはん》もさっそく仕事に取り掛かっている。

そうなると編集者もいつもの仕事に戻るわけで、本日の京香《きょうか》の手には何やら怪《あや》しげな物が握られていた。

「先生、見つけましたよォ昔の顔料。これ〈イモリの丸焼き〉……って、アレッ⁉」

京香はハトが豆鉄砲を食らったような声を上げる。

なにせ露伴の書斎がいつも通りだった。

何もおかしくないように聞こえるが、それはつまり今まで掻き集めた顔料や絵の具、その一切がなくなってサッパリ元通りになっていたということだ。

まったく以《もっ》て、見慣れた露伴邸の姿だった。

「どうしたんですかッ⁉　日本画の絵の具で描くんですよね、次のカラー原稿」

仰天《ぎょうてん》する京香を見ないまま、露伴は何でもないというふうに答える。

「いや……やっぱり描き慣れたものがいい。やるならもっと慣れてからでないと、読者に失礼だからな」

「エッ！　じゃあこれは……」

「いらない」

バッサリだ。

だっていらないものはいらないのだから仕方ない。いつだってよりよい手段を検討して作品を描くのが漫画家の役目だ。

とはいえ京香も「ハイそうですか」とはならない。というのも割と苦労して見つけてきたものなのだ。こんなの京香だって処分に困る。

「イヤせっかくだしいつか使ってください。あ、借りてた本も返しときますね」

「オイ！」

露伴の声が聞こえたがおかまいなしだ。

京香は書斎の中に空いたスペースを見つけると、〈イモリの丸焼き〉の袋を手にズズイと押し入ってくる。

そうして本棚へと近づいた時、はずみで一冊のスケッチブックが落ちた。

「……」

スケッチブックの中に、一枚の紙が挟んであった。

拾ってみれば、そこには露伴のスケッチが描かれている。

黒髪の女の肖像。

——これって……。

京香もまた、彼女を見たことがあった。

思い出すのはルーヴル美術館の地下。あの闇に閉ざされたZ-13倉庫。

「……」

京香はその絵が露伴のスケッチにある意味を詮索《せんさく》するのはやめた。

何しろ関係ない。何を積み重ね、どんな思いを筆に込めるかは漫画家の自由だ。その内面を探るのは編集者の仕事ではない。

ただ岸辺露伴が面白い漫画を描いて、締め切りを守ってくれればそれでいい。

京香は何事もなかったように、その紙片をスケッチブックへと挟んで元の場所へと戻す。

そのあたりで、急に露伴の手が横から伸びてきた。

ああ、いつものパターンだ。京香は思った。

炭焼きしたイモリの入った袋を京香から奪った露伴が、そのまま押し付けるようにして京香を仕事場から追い出しにかかる。

「ちょっ……いや、今来たばっかなのにィ〜〜！　イーヤァー！」

「すぐに帰れてよかったな。あと〈丸焼き〉じゃあない。〈黒焼き〉だ」

なんせ非力なので抵抗もできないまま、京香はさっさと外へ出されてしまった。

そしていつも通り、バタンと玄関のドアが閉まる。

「もォ――！」

と一度むくれて、

「……ま、いいか」

と落ち着く。いつもそんな調子だ。

何はともあれ、このたびの取材は露伴の刺激になったらしい。

京香も父の思い出に触れることができたし、やや物騒なことはあったが無事に帰ってこれた。露伴の筆も乗っているようで、きっと次の話も傑作になるだろう。

ルーヴル美術館で得たインスピレーションを、存分に活かしたフルカラー原稿。せっかくフランス取材をしてきたのだから、バンド・デシネ風もいいだろう。

何より、取材日記もかなり華やかになりそうだ。

京香は露伴邸を見上げながら呟《つぶや》く。

「……ピンクダークの少年、描き下ろしフルカラー。取材旅行記のタイトルは――」

これに関しては、いいフレーズを京香は思いついていた。

「――〈岸辺《きしべ》露伴、ルーヴルへ行く〉」

◇

京香が去った後。静かになった書斎で、露伴はさっそく仕事を再開することにした。

手首と指を折り曲げて行う準備運動は、いつも通りのルーティーン。

開けた窓からは爽《さわ》やかな、晩夏の陽光が射している。

「……？」

不意にカーテンが揺れて、書斎へと風が吹き込んできた。その風に攫《さら》われて、原稿のページが一枚、床に舞い落ちる。

それはちょうど、黒い髪のヒロインが描かれているページだった。

「……」

思い出すのは、あの夏の日。バラバラに切り裂かれた若き露伴の原稿。

今の露伴の描く漫画は、もっとずっと胸を張って誇れるものになった。それをあの夏へと帰って彼女に見せることは叶《かな》わないけれど、それでも構わない。

もう露伴は忘れない。それが寂《さび》しい思い出や、後悔の記憶であっても。

ルーヴル美術館で彼の絵は見られないが、かつてパリで過ごした印象派の巨匠フィンセント・ファン・ゴッホは言った。

何も後悔することがなければ、人生はとても空虚なものになるだろう。

苦悩のうちに生きた彼の言葉には、されどその苦しみをも絵筆に込めて塗り重ねる、芸術家の性《さが》が籠《こ》もっている。

後悔は人を蝕《むしば》む黒い毒だ。しかし人はその黒を使って、物語を描くことができる。

後悔も挫折《ざせつ》も乗り越えた分だけ、人生は厚みのある一冊の本になる。そのかけがえのない体験を筆に乗せて、彼は今日も机に向かう。

国境をも越えた、今回の取材は終わった。

もう漫画を描き上げるまで、岸辺露伴は動かない。

——もっとも難しいことは、自分を乗り越えることさ。

岸辺露伴（２０２３現在「ピンクダークの少年」連載中）

※この作品はフィクションです。実在の人物・団体・事件などにはいっさい関係ありません。

集英社オレンジ文庫をお買い上げいただき、ありがとうございます。
ご意見・ご感想をお待ちしております。

● あて先
〒101-8050　東京都千代田区一ツ橋2-5-10
集英社オレンジ文庫編集部 気付
北國ばらっど先生／荒木飛呂彦先生

映画ノベライズ
岸辺露伴 ルーヴルへ行く

集英社
オレンジ文庫

2023年5月31日　第1刷発行

著　者　北國ばらっど
原　作　荒木飛呂彦
脚　本　小林靖子
発行者　今井孝昭
発行所　株式会社集英社
〒101-8050東京都千代田区一ツ橋2-5-10
電話【編集部】03-3230-6352
【読者係】03-3230-6080
【販売部】03-3230-6393（書店専用）
印刷所　大日本印刷株式会社

Printed in Japan　ISBN 978-4-08-680505-6 C0193